U0856670

铁葫芦

恰到好处的生活之味

ていねいに日々をつむぐ、
50からの暮らし

〔日〕冲幸子 著
朱悦玮 译

浙江人民出版社
ZHEJIANG PEOPLE'S PUBLISHING HOUSE

图书在版编目（CIP）数据

恰到好处的生活之味 / （日）冲 幸子著；朱悦玮译. —杭州：浙江人民出版社，2018.3

ISBN 978-7-213-08350-1

Ⅰ. ①恰… Ⅱ. ①冲… ②朱… Ⅲ. ①随笔—作品集—日本—现代 Ⅳ. ①I313.65

中国版本图书馆CIP数据核字（2017）第202300号

浙江省版权局
著作权合同登记章
图 字：11-2017-202号

恰到好处的生活之味

（日）冲 幸子 著 朱悦玮 译

出版发行	浙江人民出版社（杭州市体育场路347号 邮编310006）
责任编辑	钱 丛 徐 婷
责任校对	朱 妍
封面设计	门乃婷工作室
电脑制版	书情文化
印 刷	三河市嘉科万达彩色印刷有限公司
开 本	707毫米 × 1092毫米 1/32
印 张	7.5
字 数	104千字
版 次	2018年3月第1版
印 次	2018年3月第1次印刷
书 号	ISBN 978-7-213-08350-1
定 价	42.00元

目录

序章

如果人生只剩下一天，最后的晚餐你会在什么地方吃什么呢？

十几年前，某杂志在对我进行采访的时候问了这样一个问题。

当时我的回答好像是在超高级的酒店吃法式大餐或者在百年老店品尝怀石料理吧，但如果现在问我，我的回答是先去附近的公园悠闲地散步，等到了晚上自己烧饭做菜，搭配点好吃的咸菜就足够了。饭后如果能再舒舒服服地喝上一杯浓浓的日本茶就更完美了。

这些日常食物，能够让我的心情得到放松，把它们作为“最后的晚餐”再合适不过。此外，这些日常食物还能使我们认识到平凡的日子是多么的宝贵，回忆起曾经的幸福，我们不由得因为怀旧之情而湿了眼眶。

哪怕是平平凡凡的每一天，到最后都会成为我们心中最美好的回忆。这个道理我们只有上了年纪之后才会明白。

人生就像由幸福、痛苦、悲伤等不同的丝线编织而成的一块布。

一根一根地选择丝线的过程，就是我们每一天的生活。

无论是认真选择，还是随意选择，一天都是24小时，也就是说，我们花费的时间几乎没有区别。

表面光鲜但实际混乱的生活，会让

心灵变得空虚，而看起来平淡但认真经营的生活，则会让心灵自然地平和起来。

对于我来说，与其用复杂的方法编织出一个炫丽的图案，不如用简单的方法编织出一幅用心的作品。

所以，我希望自己能够认真地度过有限的每一天。

希望大家能够从我简单的日常生活之中，找到让自己也能够轻松快乐生活的提示。

冲幸子

第一章

让你的人生像童话一样幸福

逝去的时间，一去不复返。

人生有山、有谷，也有清泉。

有欢喜、有悲伤，也有痛苦，还有恍然大悟。

要想像电视剧里演的那样总是享受着浪漫的人生，恐怕是现实中最难实现的事情。

即便如此，我们还是希望在有限的人生中认认真真、充满热情地生活下去。

或许有时会犯些小迷糊，或许有时候活力十足，但无论怎样都应心怀梦想、笑对人生。

只因为我们每个人都想成为自己人生故事的主人公。

找到自己的“生活节奏”

在当今时代，做任何事都非常认真仔细的话，只会落得一个让自己身心俱疲的结果。

要想保持活力，偶尔放松心情让自己缓一口气或者小憩一下，是非常重要的。

但对我来说，如果过于放纵自己则会导致身心都懈怠起来，所以我在日常的生活中养成了用适当的紧张感来“调整”自己的习惯。

我并不喜欢做家务，却做了28年。

有一天，我开始找寻更快更好地进行扫除的方法，结果灵光一现地想到“干脆计算一下我做各种家务劳动所花费的时间吧”。

把一张桌子擦干净要花多少时间，把一块玻璃擦干净要花多少时间，用吸尘器打扫卫生要花多少时间……诸如此类。

我试着对这些家务劳动进行细致的分类，并且将劳动的完成时间以“秒”计。

通过这种分类和计时，我得出了一个惊人的结论，那就是，我在家务劳动上实际花费的时间比我预想的要短得多，很多家务劳动几乎都是在几分钟甚至几十秒之内就能完成。

自此，好奇心旺盛的我开始了一个“快乐的生活游戏”——从打扫卫生到洗衣、做饭、购物、读书、化妆甚至上厕所，对自己日常生活中所有的活动过程进行计时。自从开始这个游戏，我就好像发现了新大陆一样，根本停不下来，每天都乐此不疲。

每个人的生活节奏和行动所需的时间各不相同。在这当中，年龄、运动神经的发达程度，以及身体状况的好坏等都是重要的影响因素。因此，有时候我们花的时间可能比想象中更多，有时候则可能更少。

自从我知道自己擦桌子“用不了一分钟”之后，我就养成了出门前“抽空擦一下”的习惯，不知不觉之间，在行动的间隙做的事情也就越来越多。

这样一来，每天的家务我几乎都是在做其他的事情时“顺便做”或者用不到一分钟的时间“抽空做”的。

只要掌握了自己生活行动的“平均时间”，就能够有条不紊、行之有效地利用时间，使生活变得充满韵律。

最近，我感觉自己不如以前行动敏捷了。或许是因为上了年纪吧，但我不愿承认这一点，所以通过放慢生活节奏的方式让自己还能像以往那样得心应手地完成家务，这也算是我对自己的一种激励吧。

平衡身心

保持身体与心灵之间的平衡非常重要。

或许你也有过类似的经历，有时候明明身体无恙但就是什么都不想做，有时候明明身体已经发出了危险信号但还是勉强自己。

自己的身体和心灵只有我们自己最清楚。

所以诚实地对待自己的心灵和身体，就是重视我们自己。

我曾经读过一本书，书中的女主人公有这样一段独白，“虽然诚实地对待自己的心灵和身体非常辛苦，但绝对不会因此而变得不幸”，或许只有充满自信的人才能够说出这样的话吧。

每当我感到“疲惫”或者“无聊”的时候，就会立刻转换一下心情。

哪怕工作正做到关键时刻，我也会把目光转向别处。除了每天必不可少的散步之外，我还会去健身房通过高强度的锻炼让自己出一身汗。

如果身体真的有问题，那么我肯定无法像往常一样将高强度的锻炼坚持到最后。健康状况的指针就存在于我们每天的活动之中，只要稍加留意就能够通过自己的身体感觉出来。

高强度的健身、洗桑拿或者冲冷水澡，能够帮助我平复焦躁的心情，让一切烦恼都随着汗水一起流走。然后我就会全身充满新的活力，精神百倍地去迎接新的一天。

如果我感到疲惫，就不会再继续勉强自己，周末我会给自己彻底地放个假，在家悠闲地听听音乐看看书，或者跑去新宿的商场里随便逛逛。有时候我还会顺路去看场电影呢。

在充分地享受了“身体和心灵的散步”之后，那种畅快淋漓的疲劳感会使干涸的心灵得到滋养，让我更有活力地走向明天。

只有在身体和心灵之间找到平衡，才是真正的健康。

Wunderbar！(漂亮)

我在德国生活时，房东嫌我的玻璃太脏，对我说“如果自己擦不干净就找人来擦”，就这样他介绍给我一个擦玻璃的大叔。

这位大叔是擦玻璃的专家。他一边替我打抱不平地说“并不算脏”，一边在很短的时间内把差不多10平方米大的玻璃窗擦得干干净净。

正是这位大叔给了我“如果日本也有这样的职业就好了”的灵感，成为我创业的动机，但给我留下最深刻印象的还是他临走时说的那句话。

“Wunderbar！（漂亮!）”他看着我的眼睛，用手指着自己刚刚擦好的玻璃说道。

他没有问“你感觉擦得怎么样”，而是用“漂亮！”这样一种带有自卖自夸嫌疑的说法。

玻璃上的脏东西确实都被他擦掉了，看上去闪闪发光。

我甚至没有仔细地检查，就在他这句话的驱使下做出了“Wunderbar！”的回答。

当时我搞不清楚他这样说到底是为了打消顾客的顾虑，还是出于对自己的技术的自信，直到很久之后我回国成立了家政服务公司才意识到，应该是两者皆有吧。

有趣的是，“Wunderbar！”就这样成了我记住的第一句德语。

“漂亮”这个词，不管在德语学习、扫除工作还是商业活动上，都是我的起点和出发点。

将自己做完的工作和家务向周围人展示并且询问“我干得不错吧”，并不是一种炫耀。或许只有对自己的能力有极强自信的人才能够说出这样的话。根据对方的反应进行反省，或许能够更进一步增加自信。

也许是受那位大叔的影响，做完饭之后问一句“好吃吧”、打扫完房间问一句“漂亮吧”已经成为我的口头禅。

夏天的时候，一位非常干练的白领女性来我家做客，我做了自己非常拿手的炒面，刚把炒面摆上桌我就很自豪地问道“好吃吧”，结果得到的回答却是“还没吃呢怎么知道啊”。

由此可见“Wunderbar！”这个咒语，还是要在搞清楚对方的性格之后再使用比较好。

连续失败

对了，说回创建家政服务公司的事吧。

30 多年前，我一边在德国的森林里散步，一边憧憬着“无论如何都要创建家政服务公司”的梦想，但等到回国后真正开始创业时，却遭遇了连续的失败。

尤其是对那些渴望外出工作的主妇进行培训，难度之大实在是远远超出了我的预期，甚至可以说摆在我面前的是一条充满荆棘的道路。

虽然现在“充分发挥女性的能力”已经成为政府大力推广的政策之一，但在当时，外出工作的女性都十分少见，参与自主创业的女性更是凤毛麟角，所以媒体都争先恐后地对“女白领成立家政公司”这件事进行了报道。

但不管在媒体上的热度如何，眼前的形势仍然十分严峻，“振臂一呼，应者云集”可不是那么简单就能够实现的。

因为“做家务是主妇的工作”的观念已经深深地根植于人们的意识，这让我每天都很头疼，不知道要怎么做才能改变人们的这种观念。

果然“开创一条前所未有的道路”就是创业者的宿命啊。

有时候公司会接到专职主妇的委托，让我们去帮忙打扫房间，但要求是“对老公保密”，结果等我们到了之后一看，对方因为“感到很不好意思”基本上已经将房间打扫完了。我真是忍不住想问“那你找我们来究竟是为了什么啊”。

创业初期，我从仅有的一点资金里拿出一半在报纸上刊登招聘广告，虽然来了不少声称“非常喜欢做家务”的应聘者，但还没等到签合同就有一半的人因为“老公反对”而辞职。

嘴上说着很想外出工作，但真正行动起来的时候却打了退堂鼓，连我都搞不清楚这些女人的心思了。如果没有特别坚定的意志或者经济上的必要性，女性恐怕很难摆脱心理上的枷锁和现实中的束缚，真正做到无所顾忌地外出工作吧。

30 年后的今天再回想起这些往事，不禁让人感慨“竟然还有那样的时代啊”，但我就是在那样一个不可思议的时代开始了充满“冒险与失望”的创业。

还记得我和一个新员工到客户家打扫卫生，因为是第一次外出工作，所以她热情高涨，但到了客户家里之后，她完全被眼前的景象惊呆了，先是惊讶地说道“我从没见过这么脏的屋子”，然后扔下一句“我可没想到是这样，我不干了”，当场就离开了，只剩下我一个人无奈地想“我也没想到是这样啊”，然后吭哧吭哧地用力擦拭着厕所的坐便器。对于这样的情况我习以为常。

越是声称“非常喜欢做家务”的员工，越容易拿客户的家与自己的家作比较，结果因为客户家的脏乱程度远远超出自己的想象而拒绝这份工作。

但正是因为太脏了客户自己收拾不了，才要找家政服务公司来帮忙，不是吗？

并不是所有人都有时间自己打扫房间。可能是因为工作太忙，可能是因为要照顾孩子，还有可能是因为上了年纪、行动不便。正因为人们的生活方式发生了变化，家政服务公司才应运而生。

做任何工作都不是一件轻松的事。有时候就算身体不适，我们也要坚持工作。况且在客户家里做家务需要比在自己家做家务更加认真负责，这不仅是对体力的考验，同时更是对意志力的考验。

如果只是因为在电视上看到对家政服务这一新型商业活动的介绍，就抱着轻松的心态前来工作，那肯定是坚持不下来的。

“看起来在水面上悠闲自得的天鹅，其实水面下的双脚一直在努力划水呢。”

这是我写在日记本上的一句话，也是我当时心境的真实写照吧。

把不喜欢的事做好

我刚开始创建家政服务公司的时候，母亲对我念叨了好几次“你不是不喜欢打扫卫生吗”“难以置信”，后来还自言自语地嘀咕“真是活得久了什么新鲜事都能见着”。

我属于那种知道自己是一个“懒惰的家伙”，但是不会放任自己将懒惰变成习惯的人。

当然，认清自己是一个“懒惰的家伙”这一点尤为重要。

或许正因为是只干了一点活就会抱怨“哎呀，好累啊，不干了”的性格，我才不断地思考“怎样才能省时省力地把活干完呢”，从而想到不少好办法。

我并不喜欢打扫卫生，但我想住在干净的房间里，所以不得不打扫卫生。既然如此，我认为只要想出一个既能够把房间打扫得干干净净，又不用花太多时间和精力的“扫除法”就可以了。

于是，我整理出了一本扫除手册，还成立了一家家政服务公司。

夏天的时候我一般会跑到森林中的别墅里住一段时间，因为别墅盖在森林之中，在那儿生活难免会有些不便，这些不便促使我产生出许多生活的智慧。

哪怕只是去一趟便利店也要走出森林，那需要20多分钟。有时候我也会因为这些不便而感到烦躁不安，但我会想办法消除这些负面情绪，让自己更积极地面对生活。

或许这正是人类最不可思议的地方，也是我们活力的源泉吧。

“蛮力”

开创一条前所未有的道路。

创业这件事的背后，实在是有太多看不见也说不清的辛苦。

要是我也能像我的员工那样“说不干就不干”的话，或许就轻松多了，但开弓没有回头箭，我除了继续前进之外别无选择。

那个时候我终于理解了什么叫作“经营者的孤独”。

我当时既无所畏惧，也一无所有。就好像站在悬崖边上，向不知道有什么在等待着自己的谷底一跃而下。

毫无疑问，我属于那种能够在关键时刻使出一股蛮劲儿的类型。我重新开始。正所谓“只要功夫深，铁杵磨成针”，我不断地用这句话来激励自己。

我不断地从失败中总结经验和教训，将创业初期制作的那本扫除手册重新分为“扫除技术”和“工作态度与工作礼仪”两部分，还追加了不少内容。

这样一来，我就可以将扫除的工作量化，这本手册也成为我们公司现在的正式工作手册的基础。在人才培养方面，比起“工作热情”，我开始更加注重员工的“工作态度”。

回首过去的28年。

创业初期那些意料之外的失败和挫折，成为推动我不断成熟和发展的宝贵经验。

名为体表

我在德国的森林中散步的时候就想好了公司的名字“FRAU GRUPE”。

经常有人问我这个名字是什么意思，其实这是我在德国生活时房东的名字。也就是格鲁普夫人。

我对这个名字可是非常中意。

公司成立之初，每当新闻媒体对我们进行报道的时候，都会有完全不相识的德语老师来问我“公司名字是不是写错了”(译者注：这家公司的日文名是**フラオ グルッペ**，发音是 FRAO GRUPE)，但实际上我在德国的时候听到的发音都是“FRAO”，而且我觉得“O”这个发音更适合做公司的名字。

更重要的是“FRAU GRUPE”这个名字听起来很

阳光，不会因为是提供扫除服务的家政公司而使人产生肮脏、辛苦等负面联想。

就在我为这个听起来好像是花店或者面包店一样的名字感到得意扬扬的时候，一个当时在广告公司上班的朋友却这样对我说道："像这样的名字，恐怕很难吸引顾客上门，也找不到像样的员工吧。"

但我个人感觉，正是因为公司的名字容易使人联想到香气四溢的面包店或者花店，所以才会得到大家的支持并获得今天这样的成长吧。

不管对个人还是对公司来说，名字都非常重要。

比如我的父母给我取的"幸子"这个名字。

年轻的时候我总因为这个名字"太普通了"而不怎么喜欢。现在上了年纪之后，我才终于理解到这个名字的含义，为了不辜负父母的一片心意，我要找到"幸福的生活"，带着感恩的心认认真真地度过每一天。

先思考后行动

不知不觉之间，“家务和打扫”成为我的职业。在这漫长的岁月中，我学到了很多东西。

首先是“家务和打扫”没有完美可言。

因为不管怎么做都不可能做到十全十美。哪怕只是一个小小的改变，也会让结果发生巨大的变化。

合理地安排家务是让我们说长不长说短不短的人生过得既舒适又充实的关键。而且，我认为我们绝对不能仅凭感觉来做家务，而应该先思考、后行动。

现在做的家务，一定要和接下来要做的家务联系起来。

如果能够在吃完晚饭收拾碗筷的时候，思考明天早晨做家务的顺序并且提前做好准备，那么就会为明早做家务节省大量的时间。

今天所做的家务，都是为明天更舒适的生活所做的准备。

不管多么充满干劲的人，如果只是凭借一时的冲动开始打扫，那么用不了几分钟他就会感到身心俱疲。

任何事都是“事先做好准备才会一切顺利”，打扫卫生即是如此。

先想好打扫卫生的顺序，然后准备好工具和洗剂，最后再开始工作，这样一来就不用浪费时间去来来回回地取用所需的物品，从而使扫除工作变得更有效率。

我们做任何事都应该先思考、后行动。

关于“做什么、怎么做”，我们只需稍微思考一下就好，用不了多少时间。

先思考、后行动的习惯不只适用于做家务，还可以应用到工作和人际关系等生活中的各个方面。

思考能够让我们的工作变得更有效率，让人际关系变得更加顺畅。

此外，为了让工作进展得更加顺利，我们还需要思考应该把各种用具“放在什么地方”，这能够促使我们养成及时整理的好习惯。

心怀梦想

不管梦想是大还是小，无论何时我们都应该心怀梦想。

即便在创业初期花光所有存款的时候，我也从来没有放弃过“成功创业”的梦想。

虽然我的绝大多数大梦想都是远远超出我自身能力、遥不可及的，全都只是只能想想而已，没有一个成功实现的，不过也有一些小梦想是我直到现在依旧念念不忘，只要稍微努力就能够实现的。

公司刚成立的时候，我一边尽心尽力地在别人家里擦玻璃，一边为员工们描绘“总有一天我要带你们在五星级酒店里吃大餐”的美好愿景，每天都在祈祷“希望事业能够尽快走上正轨”。

三年后，这个小梦想终于实现了，我在心里默默地对开心地品尝着美味料理的员工说了一声“谢谢”，同时也对在过去三年间一直给我鼓励并且支撑着我的“小梦想”说了一声“谢谢”。

虽然墨菲定律认为“If it can happen, it will happen”，也就是说，“只要坚持梦想，就一定能够实现”。但从我的经历来看，或许是因为我的祈祷不够虔诚，又或许是因为我的信念不够坚定，我的那些远大的梦想几乎一个也没能实现。

现在我开始明白，其实梦想最大的价值不在于是否能够实现，而在于给人以希望，给人以奋发的动力。这才是最重要的。

我即将离开德国回到日本的时候，朋友对我说：“送你一个临别礼物吧，想要什么？”我用手指着壁炉旁边的拨火铁棒不假思索地答道：“一套拨火铁棒。”

因为我总梦想着有一天能够拥有一间属于自己的森

林小屋，所以当时才毫不犹疑地说出“想要这个”。

回到日本之后，我很快就投入创业，每天都累得精疲力竭。

但只要我回到家，看到被放在狭窄的房间角落里的那套拨火铁棒，就仿佛看到梦想在未来某一天实现，这也是我当时唯一的慰藉。

有时，我会翻看从德国带回来的生活类书籍，梦想着有一天自己也过上那样的生活，就像《缅因森林》的作者亨利·戴维·梭罗所说的那样，在大自然之中“听着风儿吹过树梢，雨滴落在屋顶”，让自己的心灵得到放松。

经过十几年的努力，我终于实现了这个小梦想。现在想来，这或许与我一直把朋友送我的“壁炉用的拨火铁棒”留在身边，并不断憧憬“拥有属于自己的森林小屋”有很大的关系吧。

墨菲定律中还有一条“睡前想象”，就是如果每天睡前都想象同一件事，那么这件事终将实现，或许我就属于这种情况吧。

前几天，有一家出版社的年轻编辑对我说："我之所以喜欢您的生活方式，就是因为我知道，只要通过自己的努力，总有一天也能够像您一样生活。"

没错，我现在的生活，正是我执着地追求力所能及的小梦想的结果。

放松心态

我很清楚自己是一个“懒惰的人”。

不管运动、工作还是做家务，我都没什么常性。

从没有努力坚持到最后的时候。

似乎那种需要瞬间爆发力的短距离赛跑更适合我的性格。

虽然我对不管做任何事都“拼命努力”并且最终成功登顶的人充满了尊敬，但“没常性的我”是无论如何也坚持不下来的。

我这半生，虽然也有过一定程度的努力和坚持，但最后基本上都是以懈怠收场。

那个懈怠的小人似乎已经在不知不觉之中在我的心里定居下来。

对于我来说，如果全力以赴地去做一件事，反而坚持不下来。

就连经营公司也是一样，虽然从结果上看来，我兢兢业业地将同样的工作重复了 28 年，这可能会让人以为我是一个非常努力的人。

但实际上我并没有多么拼命地努力，只是在享受工作的同时笨手笨脚地做自己想做的事罢了。

与竞争相比，我更重视如何去关心他人。

我喜欢认认真真地做事，也喜欢钻研和解决问题，所以每当遇到困难的时候，我总是能爆发出一股“蛮力”。

大概正因为我平时没有全力以赴，所以那些积攒下来的能量才会像火山爆发一样瞬间发挥出来。

只要在日常平凡的工作和生活中稍微发挥一些小智慧，就能够让原本不喜欢的事情也变得有趣起来。

比如我原本不喜欢打扫卫生，但是通过整理出扫除手册并且成立家政服务公司，我将打扫卫生变成了非常有趣的商业活动。

如果把自己不喜欢的事情变成有趣的游戏，那就不用忍受枯燥和无聊，只要按照自己的节奏轻轻松松地享受游戏的乐趣就可以了。就好像根据自己的能力、性格和财力来玩赌场的轮盘赌一样。而且因为这个游戏对社会和他人都有好处，所以哪怕只是想一想都会让人感到非常激动。

对我来说，品尝美食是让疲惫的身心得到休息的最好方式。

所以不参考食谱，完全按照自己的方法来制作料理也是有趣的游戏之一。

我在家务和工作之中的许多智慧，都是在这种享受游戏乐趣的放松心态之中诞生的。

音乐的魔力

每当我想要集中精力做某件事的时候、感到有些意志消沉的时候，或者想要放松一下心情的时候，音乐是必不可少的。

我在每个房间里都放了一台BOSE[1]的音响，根据当时的情况用自己喜欢的音乐或者激发干劲，或者舒缓情绪，或者治愈心灵。

比如必须一口气把整个房间打扫干净的时候，我会播放充满节奏感的惠特妮·休斯敦的歌曲，或者速度很快的爵士乐。这样能够使我干劲十足地完成扫除的工作。

1 译者注：中文名“博士”。

当感到疲惫或者需要集中精力去做某件事的时候，我会播放莫扎特的钢琴曲或者长笛与竖琴的协奏曲。

当然，我需要根据不同的情况适当调整音乐的音量，还要根据不同的时间段选择不同的音乐。

在进行创作的时候，我喜欢放舒缓的舒伯特与巴赫的大提琴曲。

听着喜欢的音乐，不知不觉之间我的心情也会平静下来，工作也变得不那么枯燥，甚至还会偶尔冒出一些好的创意。

另外，我在听音乐的时候会梦想着自己也能够写出像这些优美的音乐一样让人充满感动的文字，但同时我也感到自己实在是能力有限，所以只能苦笑一下作罢。

不知从何时开始，不管做什么事都要播放音乐已经成为我固定的生活习惯。

对于我来说，音乐能够使我放松心情，提高工作效率。

家中待客

如果你觉得每天的生活一成不变，房间也总是脏兮兮的，那就试着邀请朋友到家里做客吧。

因为要在家里招待客人，你就必须擦地板，收拾房间，这样一来，你就不得不把房间打扫得干干净净。

我在德国生活的时候，每当看见别人家里干干净净的房间，都会感慨“德国人真是喜欢打扫卫生啊”。但后来我才知道，这是因为德国人非常喜欢在家里招待客人。

每到周末，不管是招待还是被招待，德国人肯定会聚在一起吃上一顿简单的饭菜或者悠闲地品茶。

因为不管是人还是房间，只有展现在他人面前的时候，“美”才会真正地表现出来。

如果是像我这样既懒惰又不喜欢打扫卫生的人，不如先思考一下“为什么要打扫卫生”。

“为了在家里招待客人，所以打扫卫生”恐怕是最简单有效的理由吧。

将房间打扫得干干净净之后，你会发现“干净的房间能够使心情变得舒畅”，因此也会为了自己和家人保持房间的整洁。

在家里招待客人不但能够使房间变得干净整洁，而且新买的桌布和鲜花，也让整个房间和自己的心情都随之焕然一新。

养成在家里招待客人或者去别人家里做客的习惯，可能会让你得到意外的收获，与在外面的偶然碰面相比，去家里做客能够使你看到对方不为人知的一面，还可能会发现吸引自己的装修风格和装饰品。而招待客人的时候，如果在食材的料理或装饰品的摆放上多花些心思，也会给自己一成不变的生活带来许多崭新的乐趣。

因为要将房间展示给别人看，所以在扫除的时候你会格外用心，这样一来，你的扫除水平肯定会越来越高，或许你还会为以前那个“懒惰的自己”感到羞耻，从而彻底变成一个勤劳爱整洁的人。

在森林里享受一个人的休闲时光

我在森林小屋里进行创作的时候，经常会到森林里散步、登山，享受森林浴，甚至有时候还会打高尔夫和网球。

偶尔我会将工作和繁杂琐事全都抛之脑后，用我最喜欢的高尔夫运动来锻炼身体。

每逢这样的日子，除了员工发来的紧急联络传真，我甚至连电脑和邮箱都不会打开，而将自己从平时的束缚之中彻底地解放出来。

对我来说，放空大脑，只需要去尽情地挥杆、击球。

森林中的高尔夫球场和国外的那种一样，你可以一个人打球，完全不必顾虑会影响到别人，只要随心所欲地享受高尔夫的乐趣，就能让身体和心灵都得到充分的休息和放松。

打高尔夫的时候我连手机都不带，森林之外的世界不管发生什么都与我无关，我会在广阔的高尔夫球场里打完全程，需要我注意的大概只有突然下雨或者打雷等山中多变的天气。

我以前非常憧憬的那位英国老奶奶打高尔夫的形式就是这样。

我在英国生活的时候，经常能够看到一位 80 多岁的老奶奶拿着几根球杆一个人悠闲地打高尔夫，这让我非常羡慕。

从那以后，我认为最理想的打高尔夫的形式就是“像英国老奶奶那样打高尔夫”。

有时候钻到灌木丛里寻找飞到场外的高尔夫球时，我会意外地发现稀有的小鸟和美味的蘑菇，让我不由得驻足欣赏。

站在森林里仰望头顶的蓝天、通过云朵的形状感受季节或者天气的变化也别有一番趣味，而躲在山中小屋里听着雷雨猛烈地敲打屋顶的声音，在紧张的同时还会久违地感受到心灵的狂野悸动。

完全不必在意他人的目光，我随心所欲地在森林中的高尔夫球场之中享受“自己与大自然的对话”。

虽然我的高尔夫水平一直没有什么提高，但对我来说，在森林里一个人打高尔夫不但可以使身体得到充分的运动，还可以使心灵得到充分的放松，具有非常好的“减压效果”。

知听善问

“我看了您的著作，有些地方不太明白。”经常有媒体相关人员以这样的开头通过邮件向我询问一些只要把书认认真真地看完或者稍微查一下资料就能够搞清楚的问题。

这些人似乎都是一些与我素未谋面的电视节目调查员，他们急需完成电视节目的企划书，所以根本不管我这边的情况，只希望能够立刻得到回答。

因为直接找我询问既可以省去调查的麻烦，又可以用“都是某某亲口说的”来逃避责任。

对于像我这样上了年纪的人来说，这种小儿科的把戏一眼就能看穿。毕竟这么多年也不是白活的。

但实际上，如果诚实地对我说“调查起来太麻烦了，请您直接告诉我吧”，我反而会觉得对方很可爱，不管他问什么我都会告诉他。

而对于上边那种方式开头的提问，我都会让员工告诉他们：“都在第几页第几行上写着呢，自己看吧。”

有时候，我还会接到陌生人打来的电话，对方说个不停，根本不是想要了解我的想法，而只是想让我认可他的看法。

虽然我并不认为自己有多了不起，但像这样给陌生人第一次打电话，以一种自己什么都知道的口气，也不管对方的想法，只顾着说出自己的结论，多少有点不礼貌吧。

如果年轻时在待人接物上没有接受足够的教育，将来会变成什么样呢？

或许是我多管闲事，但我真的为他的未来担忧呢。

因为年轻，所以才有勇往直前的体力，真是令人羡慕（嫉妒）！但我也希望这样的年轻人能偶尔停下脚步，考虑一下对方的感受。

毕竟像我这样的老太婆跟不上他们这么快的速度了。

无论年纪大小，只有懂得倾听、善于提问，才能够让对方说出真心话。

偶尔我也会遇到一边连连点头称是、一边催促我继续说下去的"知听善问"的人。

面对这样的人，我总会敞开心扉、打开话匣子，但事后也经常为自己说了好多不该说的话而后悔。

必不可少的“问候”

我每天早晨起来的时候，一定会大声地说“早上好”。

当然，每天晚上睡觉之前也会说“晚安”。

就算周围没有其他人，每天早晚的问候也能够帮助自己调节心情。

早晨用“今天也要努力加油”对自己进行鼓励，晚上用“今天辛苦了”对自己进行安慰。

当我在门前打扫落叶的时候，我不但会和邻居们打招呼，而且会热情地问候过往的行人“你好啊”。

有时候就连看起来很冷漠、低着头匆匆前行的人，也会用热情十足的“你好”来对我做出回应。

出门的时候，在玄关处大声地说“我走了”，回来的时候一进门就说“我回来了”也是必不可少的。

除此之外，还有为了向他人表达感激之情的“谢谢”。

我给员工安排工作的时候，在发给他们的邮件最后都会加上“谢谢”两个字，而收到别人送来的东西则更是要说“谢谢”。

告别的时候，一定要脸上带着由衷的笑容与对方说“再见”。

哪怕只是一生仅此一次的相遇，也要向对方和自己传达出“坚信还会再次相见”的信息。

德语的“再见”是“Wiedersehen”，意思是“还会再次见面”。

自己对自己的问候，能够让自己转换心情，让自己的身体和心灵都充满活力地去迎接象征着希望的明天。

小小的乐趣

有一位相识的高龄老人对我感叹说“感觉活着没什么意思”，我绞尽脑汁地思考应该说点什么来安慰他，最后只能回答：“要不然试着找点什么有趣的事情来做吧。”

幸好，他没有追问“那么，怎么才能找到有趣的事呢”，对于这个问题我该怎么回答才好呢？

我认为，不管到了多大年纪，我们都能够凭借自己的力量找到“幸福的青鸟”，所以每当我感到“无聊”的时候，都会主动地去寻找一些乐趣。

比如上街闲逛，去面向年轻人的潮店里购买颜色鲜艳的T恤衫。

或者到一直想去又不敢去的蛋糕店，吃一个满是生奶油的夏威夷红豆蛋糕。

总之，就是找到那些被自己压抑了欲望而一直没能去做的事情，然后逐个做一遍。

虽然这个年纪的我正处于一个既想继续前进又想到此为止的交叉点上，但或许是因为我想做和能做的事情太多了，所以我尚未产生“活着没什么意思”的想法。

但是，等我将来也到了那位老人的年纪，我希望自己不会感到“活着无聊”，而是能够从心底感觉“活着真好”“活着真有趣”。

年轻人会在实现愿望的瞬间对生命充满感激，从而产生“活着真是太好了”的想法，而老人则通过回顾过去的种种来找出人生中值得感激的地方，从而感叹自己的人生“真好”。

如果一个人不能够接受自己的生活方式，自然无法对自己的生活感到满意。

这样的人到了晚年，不管有多少钱、住多大的房子，还是会感到非常凄凉。

所以，从现在开始，试着从每天的生活中找到“乐趣”吧，哪怕只是很小的乐趣。

我希望等到自己老了的时候，能够拥有许多关于过去快乐生活的回忆。

画水彩画、写俳句、做蛋糕、织毛衣、编花边、吹长笛、做料理，等等。

像料理、蛋糕和毛衣这些，因为可以送给别人作礼物，所以在制作的时候更有乐趣。

我最近的乐趣之一是购买便利店里的苹果。

每到秋季，便利店里就会卖那种个头不大的苹果。

不但价格比超市和商场里便宜得多，更重要的是“只要用水冲一下就可以直接拿起来吃掉”的广告语，一下子就击中了我的心。

于是我每次都会心甘情愿地买一些苹果。

苹果不削皮、直接吃，营养价值更高，虽然用牙咬着吃似乎是更适合年轻人的吃法，但我的门牙尚健在，所以通过这种吃法能够感觉到自己还充满活力。

这种小苹果似乎很受欢迎，每次都是上架不久便卖光了，所以及时地去抢购也成了我的一种乐趣。

休息日的早晨，我一边紧张地想着“今天能不能买到呢”，一边快步向便利店走去，就好像是为了健康而进行的抢购一样，这让我的心情非常舒畅。

只要用心去寻找，就会发现，我们的日常生活充满了“快乐的事”和“崭新的冒险”。

德国诗人卡尔·布瑟曾经在诗中这样说道：“在山的另一边，旅途遥远之处，人们说，幸福就住在那里。”

但实际上，他这首诗想要表达的意思是，真正的幸福其实就在我们身边。

好坏两面

人生不管任何事都有好的一面和坏的一面。

每天都要上班的人，如果工作太忙，人际关系太复杂，或许会产生“哎呀，真想天天在家待着，每天只要做家务就好了”的想法。

而每天都在家的专职主妇或许会感觉“每天都做同样的事情实在是太无聊了”，于是想要“走出家门做点有意义的事”。

在外工作虽然可以获得成就感，但同时也会因为身体和心灵上的烦恼而经常感到疲惫不堪。

认为“别人的东西比自己的好”是人类的通病，而且越是自己没有的东西就越是想要得到。

任何事都有善恶两面，只有认识到这一点，才能够真正做到“别人是别人，自己是自己”，不受任何干扰地过“属于自己的生活”。

我有一位几乎没有头发的男性朋友，每次看到他，我都会想“夏天的时候一定很凉快，洗头也很简单，省洗发水，还不用花好长时间来吹干头发”，总之联想到的都是“好的一面”。

他本人却很烦恼，“没头发看起来显老”，“坐车的时候别人都只盯着我的秃头看”。

但实际上，别人并不像他想的那样在看到他时只会产生不好的联想，和我一样想的人应该也不少吧。

单身的人或许会羡慕结婚的人，“有一个关心照顾自己的人真好”；而已经结婚的人或许会想，“好羡慕单身的人自由自在啊”。

结婚之后，虽然多了一个人陪伴确实好处很多，但也必须忍受做饭的时候要考虑对方的口味等烦心事（这种情况对双方来说也一样）。

独自一人，虽然有什么事都必须自己做决定的不安和寂寞，但也可以不受任何束缚、自由自在地生活。

有时候就算在别人看来一切都好，但当事人可能存在“难以言说”的痛苦和烦恼。

我有严重的鸡胸，所以一直为“胸部看起来很大”而苦恼。

跑步的时候，胸部晃动得厉害非常碍事，而且胸部大看起来显得人很胖。

最近可能是上了年纪的缘故，我感觉胸部有些下垂了。

每当别人对我说“你有胸，所以不管穿什么衣服都显得很好看”的时候，我只能苦笑，一句话也说不出来，不知道这种有苦说不出的心情大家是否能够理解。

出门旅行

一有时间我就会出门旅行。

如果工作比预想结束得早，就来一趟只有几小时的短途旅行，休息日的时候来一趟一日往返的悠闲旅行。除此之外，还有每年必不可少的长期海外旅行。

旅行能够使我们从日常的生活中摆脱出来，让身体和心灵都在与平时完全不同的空气和景色中得到治愈。

一个人去国外旅行，虽然难免会有些紧张，但也会因为被异国风情所吸引而充满好奇，心情也随之雀跃起来。

在旅馆将行李安置下来之后，我接下来要做的第一件事就是跑出去买东西。

当然不是买衣服和包，而是去附近的市场随便转转，买一些当地特有的蔬菜和水果。

像生活一样的旅行，这就是我旅行的主题。

我会和当地的小贩闲聊，顺便问问“这是什么东西”“这个怎么吃”。

我还会在街上漫无目的地闲逛，透过窗户观察当地居民家中的生活景象。

老人独自坐在沙发上伴着台灯的光芒读书，傍晚时分全家围坐在餐桌前喝着红酒。

餐桌上摆着的到底都是些什么美食呢？

每当这个时候，我就像是完全融入了当地的生活之中一样，甚至连自己只是一名外国游客这件事都忘记了。

无忧无虑、无拘无束，时间就在这样轻松自在的氛围中不知不觉地过去了。

旅行能够将积蓄在身体之中的压力全都释放出来，使身体重新充满能量。

所以，我每次旅行时都会产生“回去后做一些新尝试吧”的想法。

尽量抽出时间去旅行。可以的话独自一人最好。

不管是短途旅行还是长途旅行，都可能是美味之旅、发现之旅、治愈之旅或者学习之旅。

旅行归来，在回味旅行乐趣的同时，我们心里还会产生“下次去哪里玩好呢”的期待。

一旦体会到旅行的乐趣，就会欲罢不能。

不完整的圆

我乡下老家卫生间的天花板上有一个开口。

因为卫生间里没有换气扇，所以这个开口似乎兼具通风换气的作用，但据说，过去关西的木匠师傅在建造房屋的时候都会有意留下一处未完工的地方。

而我们家未完工的地方就是卫生间天花板上的这个开口了。

记得我小时候第一次见到这个开口，还以为自己发现了什么不得了的事情，立刻跑去告诉父亲“天花板坏了”。

但父亲却说，如果建造房屋时太过完美，那么这个家就“难逃不幸”了。

我成立公司的时候，不知为何想起了父亲曾经说过的话，于是暗自发誓要以“不完整的圆”作为自己和公司生存的宗旨。

从那以后，每当接受媒体采访被问及“座右铭是什么”的时候，我的回答都是“不完整的圆”。

对方听到这个回答时都会一脸迷茫地问：“不完整的什么？”于是我就会把其中的意思解释给他们听，“时刻牢记自己是不完美的，要坚持不懈地努力”。

正因为是“不完整的圆”，所以要为了成为一个完整的圆而保持谦虚和努力的态度，这才是最重要的。

如果一开始就画出一个完整的圆，那岂不是没有了退路吗？

况且，我也没有一开始就能够画出完美无缺的圆的信心和能力。

做一个不完整的圆，偶尔让自己歇口气，然后再向成为一个完整的圆的目标继续努力。

就像以攀上顶峰为目标的登山家一样。

我感觉乡下老家卫生间天花板上的那个缺口，就像是我人生的路标。

俭以养德

谁也不知道明天会发生什么。

就连我们生活的地球也总有一天会消失。

我一边眺望着漫无边际的秋季的晴空，一边思考着这些问题。

正因为如此，我们才更应该认认真真、简简单单地度过每一天。

养成勤俭持家的好习惯，这样就算收入变成现在的几分之一，甚至几乎没有收入，也一样能够正常地生活下去。

在家注意节约水电，离开房间的时候一定要随手关灯，使用自来水的时候不要把水龙头开得太大。

这样做并不是因为交不起水电费，而是因为没有必要“浪费”。

坚持勤俭节约，能够让我们的生活变得更加自然。

如果对自己太过放纵，那么在平时的生活中就会难免出现这样或者那样的浪费，这样很难存下钱来。

正所谓一分钱难倒英雄汉，平时的浪费，到了关键时刻或许会带来很大的损失。

如果因为收入减少，而让一个大手大脚惯了的人忽然什么都不能买，搞不好可能会产生心理上的问题。毕竟由俭入奢易，由奢入俭难。

我坚信，只有勤俭朴素的习惯才能给我们的生活带来活力与创意，而奢侈和浪费是绝对做不到这一点的。

仰望天空

对宇宙充满好奇的我，特别喜欢仰望天空。

在森林中生活的时候，我会在一个晴朗的夜晚用自己那个像玩具一样的天体望远镜对星星进行观测。

每次与浩瀚的宇宙进行亲密接触，我都会忘记时间的存在。眺望着天空中闪闪的繁星，心里想着这些在我出生很久以前就已经存在的星光，竟然现在还能在地球上看到，不由得感慨万千。

当我全身心地投入到这无边无际的广阔空间之时，工作和人际关系上的压力与疲惫都会瞬间得到释放。

当身体上的疲惫感消失之后，心中也会不可思议地充满希望。

就连日常生活中稀松平常的小小事物都会变得有趣起来，让人珍惜、惹人怜爱。

比如再尝试一次之前没有成功的事，给久未谋面的人发一封邮件，来一次激动人心的大冒险，等等。

城市之中的天空有时候也会美得令人惊叹。

我最喜欢炎热的夏天过去之后那伴着凉爽微风的秋日晴空。

有时候，我会一边散步一边仰望天空，继而被头顶那一望无际的高远所感动，不由得向天空伸出手去，满怀感激地为自己的生命喝彩。

幸福感从内心深处不断地涌出，甚至让我感觉有一点不真实。

无论何时都理所当然般地存在于我们头顶的天空，教会了我一件非常重要的事情，那就是幸福也理所当然般地存在于我们日常的生活之中。

所以每当我抬起头看到晴朗的天空，都会从心底产生出一股莫名的欢喜。

睡眠的重要性

人们常说“爱睡觉的孩子成长得才好”，所以我一直很重视睡眠。

不管多忙，我都要保证最少7小时的睡眠时间。

对于我来说，如果睡眠不足5小时，就会感到神志不清、精神恍惚。

不但难以集中精力，工作和做家务的时候也会动作迟缓。当然，睡不好觉对皮肤的影响是最大的，甚至让日常的淡妆都起不到任何的修饰作用。

每天晚上10点之后，我就开始做睡觉的准备。

躺在床上之前，我会先喝点Contrex矿泉水，然后做瑜伽稍微活动一下身体。

以前，我在上床睡觉的前一刻还在写东西，大脑一直处于飞速运转的状态，结果导致我的睡眠质量很不好，所以我现在都会提前一个小时结束工作，为睡觉做准备。

我晚餐一般都吃得很少，8点以后基本就什么也不吃了，最多喝点花草茶。

泡澡是我每天睡前必不可少的，这样可以驱除一整天的疲劳，然后舒舒服服地躺在被窝里，像小猫小狗一样舒展全身。

睡觉之前哪怕有什么烦恼和困惑，我也会告诉自己“明天再说”。

因为“不要为明天忧虑。一天的难处一天当就够了”。(译者注：出自《新约圣经马太福音》第六章第34节)

适时“重置”

有时候，我会有意对自己进行一次“重置”。

对我来说，一旦习惯了某事，行动模式固化之后，虽然做起来确实更加得心应手了，但却会失去新鲜感，懈怠之情溢于言表，缺乏进取的动力，更不会有任何新的发现。

当大脑不再积极地思考，难免会变得呆滞和迟钝。

有时候，换一条散步路线，或者有意绕远路走去车站，也许会有新的发现，“这里竟然新开了一家汉堡店”“这地方竟然有这么漂亮的花”。

在我东京的家中，有一盆18年间一直盛开着的红色天竺葵。

每隔半年我都会换上新的花苗，然后将已经枯萎的花叶埋在盆里作为天然的肥料。

这盆天竺葵正是因为不断地被“重置”，才能这么多年盛开不败。

在我开始创业的第 10 个年头，事业总算走上正轨的时候，公司和我个人都认为“终于可以松一口气了”，结果导致公司的体制和我的思想都有些僵化。

于是我决定“向平静的湖面上扔石头，激起一些浪花”，将公司的扫除手册整理出版。

虽然不可能将整个公司“重置”，但将一直以来作为“公司机密”、从未公之于众的无形资产整理出版，或许会带来一些变化吧。

这本以“重置”公司为目标的《“扫除”的秘诀》一开始并不被看好，几乎所有的出版社都认为这本书根本卖不出去而拒绝出版，然而最终出版之后这本书却成为畅销书，并且引起一股扫除的热潮。

曾经有一位美国的经济学家指出，不管公司还是个人，要想更好地生存下去，都应该每隔 10 年对自己进行一次“重置”。

所以时至今日，我仍然在聚精会神地寻找身边有没有让我们的生活更加美好的创意和方法。

像风一样

在宁静的森林中读书的时候，林间吹过的微风总是会让我的心情非常舒畅。

合上书本、闭上眼睛，竖起耳朵仔细地倾听。

微风确实在对我低语，平静而和缓。

风，看不见、摸不着，时而坚强，时而柔弱。

温柔的微风会给人带来好心情，愤怒的狂风却会使人感到紧张和恐惧。

我希望自己成为温柔的微风，如轻声细语一般的微风。

尽管努力奋斗非常重要，但有时也会使人不堪重负。

所以最好不与他人相比、不与他人相争，不愤怒、不嫉妒、不羡慕。

像风一样，完全不受周围的影响，仅凭自己的力量开拓自己的道路。

风总是随心所欲地踏上旅途。

诉说着季节的变换，将喜悦和忧伤传达进人们的心里，带给人勇气与希望。

风无欲无求。

只是自由地诉说着自己的情愫。

而我们，却对微风的私语充满迷恋、憧憬、为之流泪、刻骨铭心。

或许从此之后，我们才第一次意识到大自然的温柔和残酷。

两个自己

要想做好扫除的工作，客观的视角是必不可少的。

自己感觉“干得不错，很干净”，但在别人看来却“有很多问题”的情况十分常见。

让别人检查自己的扫除成果，并且得到“确实不错，很干净”的评价，才是做好扫除工作的唯一途径。

人生难免会遇到不如意的事情或突发的状况。

在这种情况下，如果能够保持冷静，或许事情还不会变得更糟。但人们却常常会做出过激的反应，认为已经完蛋了或者陷入恐慌，结果反而把事情搞砸。

要想做到时刻保持冷静的思考和行动，就必须对自己保持客观的审视。

在别人看来，我似乎是一个超级乐观的乐天派，但实际上我是一个思虑很重的人。

以前我经常因为一些在别人看来或许根本无足轻重的烦恼或失败而意志消沉。

但是稍微碰到一点困难就打退堂鼓的我，却因为一件事发生了彻底的改变。

在我三十多岁的时候，一位通过工作结识的比我年长的白领女性告诉我，只要在心中时刻保持拥有“两个自己”，就会变得更加坚强。

所谓“两个自己”，一个是“主观的自己”，另一个是“客观的自己”。

要在心中拥有这两个自己。

当遇到突发状况的时候，就算主观的自己惊慌失措地说“哎呀，应该怎么办啊”，客观的自己也会及时地进行安慰：“没什么大不了的，又不会闹出人命。”

当分别听取了两个自己的意见并且加以思考之后，我们就能够恢复冷静，从痛苦之中解脱出来，并且产生解决问题的智慧与勇气。

注重仪表

年末，我躺在南部海岛的沙滩上，穿着本不属于我这个年龄的比基尼晒日光浴。

但不时地还有一些穿着超性感比基尼的老妇人，挺着她们凸出的大肚腩，肆无忌惮地在我眼前走过。

我看着自己虽然还赶不上她们但也已经堆积了不少脂肪的腹部，心里想着明年是不是也应该挑战一下更漂亮的泳装。

为了穿好看的泳装，必须告别好吃的点心，还要经常去健身房运动，由于这个从年初就已经制订好的“个人瘦身计划”总是半途而废，我的腹部也就保持着这样一个半途而废的状态。

就算我没办法再恢复到年轻时的体形，但至少想让自己的身材看起来比实际年龄年轻10岁。

所以我一直将自己维持在不管穿什么样的衣服都不会显得太胖的体形。

每天早晨量体重是必不可少的功课。

只要走出家门，我必定把身体挺得笔直，保证有一个优美的体态。

另外，不论何时，我都对服装的流行趋势非常敏感。

但我并不是那种从头到脚都紧跟流行的人，我属于部分取舍的类型。

我比较注重颜色、设计、肩膀和裙子的线条，以及首饰和围巾，等等。

西装上衣，我只会选择自己喜欢的固定品牌，但里面的衣服，我则会选择流行的颜色和造型来进行搭配。

T恤衫和裤子之类，我会选择深受年轻人喜爱的H&M和ZARA，而且都是趁着打折的时候购买。

女性都喜欢闪闪发光的东西，因为闪闪发光的装饰能够使自己看起来特别有精神，所以我也完全无法抗拒，但我一般只用胸针或者珠串作为最亮眼的点缀。

那种浑身上下都闪闪发光、好像“移动信号机”一样的时装风格不适合我。

一个注重仪表的人，不仅需要注意服装，神态举止也同样非常重要。

选择服饰的品位，吃苹果的动作，喝红酒的姿势，西餐刀叉的用法，拿放筷子的方式……优雅的仪表和举止也可以通过这些举手投足间的小动作表现出来。

说话的方式、走路的姿态、莞尔一笑的表情，处处都散发出高雅成熟魅力的女性不管在什么场合都如画卷上的人物一样美丽。

虽然上述这些都是非常理想化的情况，但不管是在厨房里做饭，还是抚平床单上的褶皱时，我都希望自己能够在日常生活中的每一个瞬间，尽可能地“看上去很优美”。

不过，偶尔放肆地开怀大笑对身体也很有好处。

先不管这样会不会破坏形象，总之将体内的邪念释放出来，能够让自己变得更有精神。

发自心底地放声大笑，或许也是为了保证内心的健康与美丽。

第二章

让你的生活像画作一样美丽

要过最适合自己的生活，当然少不了干净整洁的房间。

将喜欢的东西放在合适的地方，相信它们总有一天会派上用场。

找一个轻松的方法让家里变得漂漂亮亮，等待清新的微风送来美丽的季节。

舒适的家能够让居住在其中的人感到非常安心，仿佛被美好的时光所环绕。

充满自然清香的房间

整洁朴素的房间，不会有任何异味。

因为在房间里流通的是清新自然的空气。

房间之所以会产生异味，是因为不够干净。累积在墙壁、地板、家具上的灰尘和污垢，以及做饭时产生的油烟等，都是产生异味的原因。

如果异味太重，用除味剂和空气清新剂只能起到一时的效果，治标不治本。

除非有客人突然来访，否则最好是彻底地打扫一下。

我非常喜欢在用吸尘器把地板打扫得干干净净之后那充满透明感的房间中的味道。

只要平时养成打扫卫生的习惯，并且经常开窗通风换气，那么房间里就不会产生异味。

以前我家养过一只非常黏人的拉布拉多犬，每当有客人来访，这家伙就会非常高兴地凑上去，而客人则很惊讶地对我说："你家里怎么一点异味也没有，完全想象不到竟然养了宠物。"

因为拉布拉多的体毛很密，所以每天早晚遛狗散步归来之后，我都会用刷子把它的四只爪子、嘴巴周围和屁股仔细地清理干净，然后还要用水将它的全身进行仔细地擦拭！

虽然做起来很麻烦，但因为这一套清理工作已经和散步一样形成了我的习惯，所以也不觉得辛苦。

现在我已经不养宠物了，但只是省下了遛狗散步和给宠物擦洗身体的时间而已，经常开窗通风和打开换气扇的习惯却保留了下来。

我每天早晨起床之后第一件事就是打开窗户，从给房间通风换气开始新的一天。

在厨房做饭的时候，我一定会打开换气扇并且打开窗户让异味散出去。

客人来做客之前和离开之后，我都会打开窗户，擦拭桌子。

因为人类的呼吸和穿在身上的衣服等都是造成污渍和异味的原因。

上厕所和洗澡前后，我也会打开窗户和换气扇。

当然，扫除的时候更是必须打开房间里的窗户和门，打开换气扇。

经常给房间通风换气，不让异味产生，房间就会保持清新，总是干净整洁。

干净整洁的房间能够使我们感到身心也非常舒爽。

另外，扫除之后少量使用一些柑橘类味道的空气清新剂，也可以使房间里的空气变得更加清香。

炭的作用

在森林附近的小镇里可以买到很便宜的炭。

有时候，我会用小炭炉直接烧烤蔬菜和肉类，边烤边吃，省下了做饭的时间与麻烦，不但可以转换一下心情，还可以享受和平时完全不同的乐趣，这时候再来点舒缓身心的红酒，简直是完美的一餐。

我会将在森林附近廉价购入的炭带回位于东京的家中，装进小篮子里放在房间的角落，既可以净化空气，又可以清除异味。

如果把炭装在一个小盘子里，然后放进冰箱、卫生间或者玄关的鞋柜里，那这块炭就变成了除湿祛味的法宝。

将炭放进竹筐，摆在房间的角落或者椅子下面，与日式的装修风格相得益彰，这种做法经常被来家里做客的友人称赞“好棒的创意”，听了之后我心里也得意扬扬。

兼具实用性和装饰性的炭，非常值得我们加以利用。

自古以来，日本人的生活就离不开炭，现在，我们仍然可以通过一点小小的智慧找到更多在日常生活中利用炭的方法。让自己的生活变得更加舒适不也是一种乐趣吗？

家务五事

以前，有“家务五事”的说法。

所谓家务五事，指的就是“裁缝、育儿、做饭、洗衣、扫除”。

与一名女性必须承担这所有的家务的时代相比，现在的女性可真是轻松了不少。

任何人都不可能把这“家务五事”做得非常完美，也没有完全擅长并且喜欢做这五件事的人。

可能有人一样也不喜欢，可能有人喜欢扫除但不喜欢做饭，还可能有人正好相反。

如果问我“家务五事之中你最喜欢哪一个”，我的回答是“做饭”。

如果问我“最擅长的是什么呢”，我的回答恐怕是“扫除”。

虽然我并不喜欢家务五事中的扫除，但作为我的职业的扫除却是我最擅长的，对于这一点我特别自信。

因为要想做好扫除这件事其实非常简单，只要站在客观的角度对扫除的结果进行审视就行了，所以就算不喜欢也一样能够做好。

扫除的时候，我会思考如何才能在更短的时间内更有效率地完成工作，而且还不让身体和心灵感到疲惫。

然后，在扫除的时候将精力集中在“最引人注目”的地方。

这样就不会浪费过多的时间和劳力，却能够取得很好的扫除效果。

至于我喜欢的做饭，如果时间仓促，我会将重点放在“效率”上，思考怎样才能快速做好然后快速收拾干净。

但如果时间充裕，而且想通过喜欢的料理来转换一下心情的时候，我就会选择比较耗费时间的料理或者尝试挑战新的烹饪方法，将全部身心都投入这个名为料理的创造世界中尽情地畅游。

只有“家务五事”，能够让我们不管喜欢与否，都尽情地享受创意的乐趣。

如果能够在家务之中找到一件自己擅长的事情，那么即便是平凡的每一天也会变得非常快乐和有趣，并从中获得生活下去的勇气和希望。

小却宽敞的房间

在我现在这个家建成之前，算上在海外生活时期，我一共搬过20多次家。

国内的小单间和高层公寓，国外的套间和独栋别墅，我都住过。根据不同时期的生活方式，我居住空间的大小和环境也完全不同。

随着年纪的增长，本来感觉不怎么大的房间收拾起来也有点力不从心，我不由得产生想换一个小巧精致的房间居住的想法。

到目前为止，非常丰富的居住经验使我认识到一件非常重要的事。

那就是即便很小的房间，也一样可以住出宽敞的感觉。

只要找到合适的居住方法，什么样的房间都会变得温馨舒适。

我从 30 岁到 40 岁出头的时候，一直住在河边的小公寓里。

而 40 多岁从德国回日本之后，居住的方法也发生了巨大的变化。

非常重视居住环境的德国人，为了让自己住得更加舒适，往往会下很大的功夫，让房间虽小但却显得非常宽敞。

比如天气好的时候，他们会在小小的露台上一边晒太阳一边品尝美味的咖啡或红酒。

在外面喝茶，能够让人享受到与在房间里喝茶时完全不同的开放感。

回国后，我也像德国人那样弄了一个小小的露台。只要打开通往露台的玻璃门，就会使整个房间都产生出延伸到户外的开放感，使原本狭小的房间也变得宽敞起来。在露台上摆放一套小型的桌椅，就可以悠闲地坐在露台上欣赏穿梭往来的小船与河流。

夏季的傍晚，坐在露台上感受着轻抚脸颊的微风，小口地呷着红酒，工作一天的疲劳都不知被吹到什么地方去了。

开放的玻璃门可以让令人心旷神怡的微风吹进房间，还可以驱除装饰产生的异味。

露台不但消除了房间的逼仄感，而且消除了累积一天的疲劳，让每天的生活都变得充实起来。

我把从德国带回来的大沙发摆在墙边，在房间的各个地方都准备了小巧轻便的椅子，这样就算突然有许多客人来访也不成问题。

放在玄关处的椅子，在穿鞋时可以派上很大的用场；在位于房间角落里的椅子旁边摆一盏灯，则可以尽情地享受一个人读书的乐趣。

我搬到现在这个家里已经 18 年了，现在露台上又被我加了一个小小的天井，家具和椅子的数量也比之前增加了一些，这些都是我享受生活乐趣的重要伙伴。

花与生活

可能是受我母亲非常喜欢花的影响，哪怕再忙、再没有时间，我身边也必须有鲜花陪伴。

任何鲜花都是有生命且会呼吸的。我感觉哪怕只有一朵盛开的鲜花，也能够让房间里的空气发生彻底的改变。

我喜欢百合花尤其是香水百合。百合的淡淡清香能够让房间整洁的氛围更上一层楼。

因为一株百合上就有许多个花苞，从第一朵到最后一朵依次开放，可以延续几周的时间，性价比超高。

年轻的时候，虽然我很喜欢“漂亮的花束”，但却因为囊中羞涩无力购买，不过我想到了一个好办法，那就是

“买不起一束，但可以买一株”。

于是我就从最喜欢的香水百合买起。

白色的花朵天生就有种优雅的气质，更重要的是可以融入任何风格的装饰之中而不会显得突兀。

因为我家的地板和家具都是木制的，香水百合的白色花瓣与之非常相称，而且花香也充满了清新的甘甜，深受我的喜爱。

在我家玄关旁边的玻璃花瓶里常年插着香水百合，每当我拖着疲惫的身体回到家中，我的疲惫都会被她白色的花瓣和香甜的花香消除。

说起来，白色似乎有平复心情的功效。

客厅里我一般会选择摆放能够让心情也随之振奋起来的颜色鲜艳的花。

最常用的是橘红色的花。

似乎只要看到这样的鲜花，我体内的血液就会变得顺畅起来。

我对花瓶的要求很高，一般只用从德国带回来的陶器和水晶花瓶。

这些花瓶单独摆放就是一件精美的装饰品，加上鲜花则更显得奢华。

插花的关键在于让花茎的长短不一，这样可以使鲜花看起来像生长在野外一样自然。

“你家里的花怎么总是这么漂亮呢？”

每当有客人因为看到我摆在玄关处的鲜花而露出柔和的表情，我的内心也会随之变得平和起来。

因为鲜花对我非常重要，所以我也钻研了一些让鲜花开得更久的小技巧。

比如花茎上的切口要是倾斜的，摆放在不会被日光直射但光线充足的位置，定期换水，以及每天早晨问候“早上好”。

“要经常给花瓶换水，是不是很辛苦啊？”

“所以我家用的都是假花。”

这样做可真是大错特错。

换水的过程，正是每天日常生活中的重点。

经常给花瓶换水，可以使房间里的空气更加清新，不容易积累灰尘，这样打扫卫生的时候也会变得更加容易，房间也总能保持干净整洁。

一个舒适的房间能够使人心情平静。

我每两天给花瓶换一次水，在整理枯叶的同时对花说“早上好”“你好啊”。

这是我日常生活中的小习惯。

养成认真对待生活的习惯，才能享受真正意义上的“心灵上的奢华”。

美丽又美味的水果

我家的水果都是可以吃的装饰品。

将五彩缤纷的水果装在果篮或果盘里、摆在厨房和餐桌上，就是一件漂亮的装饰品，还可以随时品尝水果的美味。

美丽的装饰品，同时也是美味的食材。

任何在购买水果上的花费都是对健康来说必不可少的“身体管理费”。

将香蕉挂在厨房的一角，不但便于我们查看其成熟度，而且其独有的热带风情还能使其周围的空间都随之明亮起来。

因为我每天都要吃一些水果，早晨还会制作果汁，所以总会在固定的位置摆放固定种类、固定数量的水果，不多也不少。

苹果有非常甜美的芳香，摆在餐厅与厨房之间的通道上或者大门附近，可以让苹果的香甜充满整个房间，每次路过时，淡淡的苹果香气轻轻地拂过脸颊，都会使我神清气爽。

能够用作装饰品的水果，只要吃掉一个就能够很明显地看出来，所以何时应该补充库存也一目了然。

不只水果，我家里所有的物品都兼具装饰性与实用性，是帮助我疗愈身心的重要伙伴。

恰到好处的精致生活

尽管梦想没有上限，也不分大小，但居住的空间却是有限的。

所以我们必须考虑到收纳空间的实际情况，保证自己的东西都能够放进这有限的空间。

首先要把物品的总量保持在一个固定的水平。

我的基准是全部物品的六成到七成都必须能够被收纳起来。

这样一来，就不用担心家里堆满多余的东西，腾出来的空间还能够让空气自然流通，使物品和空间都能更长久地维持下去。

什么东西、有多少、在哪里，全都一目了然，需要买什么只要扫一眼就可以了，不用每天费劲地思考，生活当然轻松愉快又安心。

买一个扔一个。

这就是我生活的基本准则。

我家的调味料只有盐、橄榄油、糖、酱油和味噌。这些调料足够制作沙拉和各种料理，用味噌还可以做咸菜。

有时候为了转换一下心情，我还会增加咖喱粉、香草和五香粉等，但尽可能地不增加多余的调料。

在森林小屋里，用有限的调料想尽一切办法制作好吃的料理也是我的乐趣之一呢。

人类的食量也是有限的。

如果别人送的蔬菜和水果我自己吃不完，我就会趁着它们还新鲜，把多出来的部分送给邻居和朋友。

食材都有保质期，如果总是想着“先放着吧，总会有时间吃的”，那最后的结果多半是放到过期也没吃。

尽早把食材吃掉，是对大自然的宝贵馈赠最大的尊重。

光的妙用

只要一盏灯，就能够完全改变房间给人的感觉。

一盏摆放得恰到好处的台灯能够加强房间的纵深感，让房间显得更加宽敞，而且台灯柔和的灯光还有舒缓身心的效果。

在我家，明亮的荧光灯被安置在储藏室和衣柜等对亮度有较高要求的空间。

而像台灯之类的白炽灯，因为会散发出温暖柔和的光芒，所以我一般会将它们安置在诸如房间角落的桌子上等地方，为我读书和听音乐营造轻松悠闲的氛围。

只在有必要的地方用几盏台灯来进行照明，不但可以起到节约用电的效果，温暖柔和的光芒还能使人放松心情，是营造一个舒适的居住环境时必不可少的道具。

在有客人来访或者特殊的日子，或者只是想转换一下心情的时候，我还会使用蜡烛。自然环保的蜡烛让人感觉好像穿越到那悠闲的旧时光，伴着随空气流动而不断跳动的烛光品尝红酒和美味的料理，就像在高级餐厅享受奢侈的美餐一样。

整洁生活

我的一天，从早晨起床打开窗户让新鲜的空气流进房间然后做一个深深的呼吸开始。

接下来我会对自己说："今天也要加油哦。"

如果房间里总能保持新鲜的空气，那么灰尘和污垢也不容易累积。

虽然定期进行扫除是必不可少的，但要是太过拘泥于"一尘不染"的状态，则会在不知不觉之间把自己搞得身心俱疲，最后自暴自弃，什么也不想干。

就跟减肥持续了一段时间之后反而食量大增的情况一样。

虽然不可能做到尽善尽美，但确定好哪些事情是必须做的是实现整洁生活的关键。

以我为例，每周用吸尘器进行三次彻底的打扫就是必须做的，但如果实在没时间或者感觉太疲惫，我会降低一些要求，只把房间表面和椅子下面打扫干净就行了。也就是“偷点懒”，减少一些打扫的任务。

但是因为我“至少保证了每周三次的打扫”，所以就算降低要求，只要“房间看起来稍微干净了一些”就能够在心理上得到满足。

当我精神百倍、干劲十足，而且时间也很充裕的时候，我就会用吸尘器把书架、天花板、墙壁，甚至平时根本不会注意到的家具背面都打扫得干干净净。

厨房、卫生间和浴室等有水的地方，每次使用过之后顺手把水渍擦干净，就不用再特意花时间打扫了。

如果能够在日常生活中养成及时清理的习惯，那么污渍就不容易积累，扫除的时候既节省时间又节省体力。

越是上了年纪，越注重整洁的生活。

有的时候，虽然很想把房间彻底打扫干净，却心有余而力不足，每天的扫除也变得越来越难。

年纪越大，身体与心灵之间的反差就越严重，很多事情都勉为其难。

如果在日常生活中养成及时清理的习惯，那么就算上了年纪、身体不像年轻时那样灵活了，也一样可以轻轻松松地做家务。

聪明的偷懒

我非常不愿意做家务。

特别是麻烦的扫除，要是能偷懒就好了。

但是，做家务时的偷懒与工作时的偷懒不同，不能干脆放手不做。

虽然该做还是要做，但可以想办法尽量减少时间和劳力。也就是说，做家务要聪明地偷懒。

比如我非常喜欢的料理，就算有时候做比较麻烦的料理必须花费很长的时间，但我会想出一个在料理后和吃完饭后能够高效地收拾干净的方法。

因为我在东京的家里有很多餐具，所以我借助洗碗机的力量来帮助自己，这样我就可以在洗碗的同时做些别的事情。

而我的森林小屋里餐具较少，所以每次我都是自己动手洗碗，只要三两下就可以搞定，用不了多少时间和精力。

与其心不甘情不愿地做家务，不如用节省下来的时间画个画、听听音乐或者制作一些点心，让心情更加放松。

不管是喜欢做的料理还是不喜欢做的扫除，我都能够“聪明地偷懒”。

虽然这些家务不是人生的全部，但它们是生活的必需。

合理地安排时间，是构筑舒适生活基础必不可少的一环。

虽然扫除非常麻烦，但如果总也不打扫，家里就会变得越来越脏，到时候再扫除反而需要耗费更多的时间和精力，搞得人心力交瘁。

而且，肮脏的房间还会让住在里面的人心情沉重，变得抑郁。

最好的解决办法是给自己制订一个“扫除计划”，确定扫除的位置和扫除的时间。

这样一来，既不耗费太多的时间和精力，又能够把该做的事情都做好，实现家务上的“偷懒”。

如果房间收拾得干净整洁，心情也会自然而然地轻松起来。

因为该做的家务我们都已经做完了！

节约用水

如今，在日本的任何地方，只要拧开水龙头，自来水就会源源不断地流出来。

这样的生活很容易使人忘记“节约用水的重要性”。

事实上，全世界还有许多国家和地区无法像日本这样轻而易举地获得水源。我有一个朋友，为了让生活在非洲大陆深处的孩子们也能够喝到干净的饮用水，成了一名安装地下水净化装置的志愿者。

过去日本使用的是河水与山泉水，后来挖井取水，现在发达的自来水管道已经遍布日本全国各地。

洗脸、刷牙、洗菜做饭、淋浴泡澡。

水可以说是我们日常生活中必不可少的重要资源。

所以我们必须认识到水的宝贵，养成节约用水的好习惯。

水是先存后用。

在自来水普及之前，水都是从水井里打上来，然后临时储存在一个容器之中以供使用。

在历史剧中经常出现的带底脚的木制水桶就是用来临时存水的容器之一。

这个容器的高度正好适合用来在水井边上洗脸、洗头，每次，我都不由得为先人们的智慧而感叹。

现在我们用的洗脸盆，就像过去那个临时存水的木桶一样，都可以用来在不浪费水的前提下洗手、洗脸。

最常见的洗脸盆就是百元店里那种树脂的类型。但我记得小时候还有白搪瓷盆和铝盆，尤其是铝盆，非常轻便耐用。

因为水是非常宝贵的资源，所以如何节约用水也是生活的智慧。

现在可能已经很少见了，但以前我家卫生间门口有一个专门用来洗手的吊桶。

在我父亲的乡下老家，这个吊桶是陶制的，下面伸出来一个长约 4 厘米的细棒，用手按压这个细棒，水就会从吊桶底部流出来。

如今回想起来，那个水量并不能把手彻底洗干净，但总比不洗手要好一点。

在吊桶的下面还有一个用来接水的脸盆，当脸盆里的水存满之后就搬到院子里用来浇花，这也算是“节约用水的智慧”吧。

想必大家都见过神社门前那个专门用来洗手的水舀吧。

过去一般家庭都会将从水井里打上来的水储存起来，然后用木制或者铝制的水舀从里面取水洗手。

在我们公司的扫除手册上有这样的内容：“客户的水

是很宝贵的。水龙头不要一下子拧到最大，应该慢慢拧开，同时一定要在下面用水桶接住。”

就算现在水资源还很丰富，但也应该节约利用。

在高呼“保护地球环境”的口号之前，我们似乎应该多学一学先人们节约用水的生活智慧和生活态度。

洒水

今年夏天也是持续高温。

电视上的新闻都对城市里举行的传统的洒水活动进行了报道。

洒水是日本人度过炎炎夏日的生活智慧之一。

将水洒在被夏日的阳光晒得滚烫的地面上，不但可以降低地面的温度，水蒸发后还可以使空气也变得凉爽。

过去人们洒水时用的是剩下来的洗澡水，但现在用的都是自来水。

找出一个能够节约用水的洒水方法或许是环保的重要课题。

要想提高水的使用效率，首先应该用扫帚把地面上的灰尘扫净，然后再少量地洒水。

如果在白天太阳正盛的时候洒水，水分很快就会蒸发，反而让空气变得更加闷热，所以日落西山的傍晚时分才是最适合洒水的时候。

夏天接待客人之前，在门前稍微洒点水，显得对客人非常尊敬，而且干净的水还会给人带来好心情，真是非常神奇。

打扫卫生的方法

如今信息技术以我们几乎跟不上的速度飞速发展，也由此诞生出了许多方便的工具。

但扫除的工具只是从扫帚升级到吸尘器，然后又变成扫地机器人而已。

虽然也有能够轻松擦除灰尘的抹布之类的东西，但归根结底只有人类的双手是最好用的工具。

打扫的时候并不一定非要用吸尘器，有时候对于地面、墙壁、天花板以及房间的犄角旮旯，用扫帚简单地清理一下反而更方便。

打扫卫生不是仅仅扫干净地面上的灰尘和污渍就完事了，天花板、墙壁和家具上的灰尘也要清除干净。

如果只是用吸尘器把地面清理一遍，虽然地面干净了，但整个房间还是会看起来脏兮兮的。

因为灰尘和更加细小的尘埃会在你打扫房间的时候飘起来，然后像看不见的雪一样落在房间里所有的东西之上。

要是忘记擦除这些灰尘，日积月累它们就会变成难以清除的顽垢污渍。

打扫卫生的时候首先应该打开窗户和门，然后用掸子把灰尘扫到屋子外面。

如果觉得这样做太花时间或者太麻烦，也可以只用抹布将灰尘擦掉，但这样做无法彻底清除犄角旮旯的灰尘。

由此可见，还是从古时候流传下来的掸子最好用。

用掸子可以轻而易举地将门缝、墙角以及家具的凹凸部分等抹布擦不到的地方的灰尘都打扫得干干净净。

如果认为“每天都这样打扫太麻烦了”，也可以每天选定一个地方，用掸子对这个地方进行彻底的清理。

清除灰尘的时候，应该从天花板开始（上），然后是墙壁（中），最后是地板（下）。用掸子将灰尘扫落到地板上之后，就可以用吸尘器或者扫帚打扫干净了。

有时候地板上会有一些吸尘器和扫帚无法清除的污渍，如果污渍的面积太大，可以使用拖把；直接用手清理的话最好将擦拭的范围划分成多个区域，每天清理一部分，这样才不会太累。

擦地板的时间最好控制在5分钟以内，或者根据自己的体力与心情做决定。

在遵守扫除规则的前提下进行各种各样的尝试、思考新的扫除方法也会让麻烦的扫除工作充满乐趣。

前几天，我在一个美国的电视节目里看到十几岁的男主人公用吸尘器清除墙壁和天花板上的灰尘。

原来如此。

我也用充电式的轻型吸尘器尝试了一下。

挂在墙上的羊绒毯和挂毯以及天花板角落的灰尘都被清理得干干净净，整个过程也非常轻松。

这时候我才意识到，吸尘器不只能够用来清理地板，如果用吸尘器来清理房间中的其他地方，也可以让扫除的工作变得更加轻松。于是我不禁对未来更加先进的技术革新充满了期待。

不过，现在我身体健康活动自如的时候还好，将来上了年纪、体力衰弱的话，不管用多么轻型的吸尘器，恐怕也无法对天花板进行扫除了吧。

擦拭灰尘的时候，最好用清水或者温水沾湿后拧干的毛巾。将毛巾叠成八分之一的大小最便于擦拭。

擦完一遍之后，可以将毛巾翻过来或者重新叠一遍，这样就可以不用重新沾水一次擦完10平方米大的房间。

毛巾是非常好用的扫除工具。脏了可以用水清洗干净反复使用，等用到破破烂烂无法继续使用的时候，也因为是用天然材料制作而成的，所以就算扔掉，对环境也没有任何的影响。

新鲜的食材最好

新鲜的食材对于健康的生活来说是必不可少的。

虽然买回来之后趁着新鲜立刻吃掉是最好的，但稍微了解一些保鲜常识的话就更加方便了。

初秋时节，如果在市场上发现我最喜欢的秋刀鱼，我就会毫不犹豫地买一整条。回到家之后马上除去头和内脏，清洗干净，然后稍微撒上点盐，用保鲜膜包起来放进冰箱。只要这样简单地处理一下就可以保存2天。

最近很多商场的地下超市里都提供免费处理生鲜的服务，只要告诉售货员“帮我把鱼肉收拾干净并切成三块”就可以了，实在是非常方便。

曾经有一位朋友去北海道游玩归来，送给我一整条腌鲑鱼。

我将鱼身上最好的部位切成肉块放进冰箱冷冻，剩下的边边角角，我用火烤过之后去掉鱼骨和鱼皮，把碎肉掏出来稍微倒点酒，然后放进冰箱冷冻保存。

切好的鱼块可以烤，还可以加黄油炒一下，很适合早晨吃，而用酒腌制的碎鱼肉可以用来做饭团和炒饭。

蔬菜也有延长保鲜期的小技巧。黄瓜的水分很容易流失，所以如果买回来直接放进冰箱，黄瓜很快就会干瘪，失去清脆的口感。

但是如果将黄瓜先用清水稍微浸泡一下，然后擦干水用报纸包起来装进保鲜袋，就可以保持新鲜。

这招同样适用于同类的其他蔬菜，比如把萝卜用报纸包起来装进保鲜袋，也可以防止水分流失。

小油菜、菠菜、小白菜等绿叶菜。

用水洗净、擦干后用报纸包起来，放进保鲜袋的时候要先朝保鲜袋里用力吹一口气，然后迅速封口，这样可以减少袋子里的氧气，使蔬菜能够更好地保鲜。

西生菜是非常难以保鲜的蔬菜。

如果其根茎的部位氧化，就会发黄、破损。

要想尽量延缓根茎的氧化，可以将其根茎的部位削掉一层之后涂上面粉，然后用厨房用纸包裹好再放进冰箱。

这样可以保鲜2周左右。

带叶子的胡萝卜和大萝卜。

或许有人认为保持带叶子的状态更容易保鲜，但实际上正好相反。

如果不把叶子摘掉，那么胡萝卜和大萝卜之中的水分就会通过叶片挥发出去。

所以把胡萝卜和大萝卜买回来之后应该立刻将叶子切掉。需要注意的是叶子一定要齐根切断，这样不但能够保持水分，还更接近自然的状态，保鲜程度上佳。

鸡蛋，很多人都因为鸡蛋的胆固醇含量太高而不敢吃。其实完全不必担心。

我就非常喜欢吃鸡蛋，平均两天吃一个。

鸡蛋是我冰箱里的常备食材，我有时候煮鸡蛋，有时候炒鸡蛋，总之只要不吃过量就没事。

把鸡蛋放进冰箱的时候，我总是把尖的一面朝下。

因为在鸡蛋的圆头有呼吸用的小孔，所以将尖头朝下有助于鸡蛋的呼吸，可以使鸡蛋长久保鲜。

这件事是我小时候从理科老师那里学来的。不可思议的是，直到现在我居然仍然记得。

或许是我从小就很喜欢吃鸡蛋的缘故吧。

圣诞盘子

我在德国生活的时候，邻居送给我一只圣诞盘子作为圣诞礼物，那也是我第一次知道这个东西。

丹麦的皇家哥本哈根于1908年开始制作第一款圣诞盘子，从那以后每年都会销售不同设计的圣诞盘子。

我有一位日本朋友每年的圣诞季都会购买皇家哥本哈根的圣诞盘子，因为“会升值”，但我不愿积攒太多不必要的餐具，所以只是看看。

圣诞盘子不只是年头越老的越贵，它的价值还受产量的影响。

比如1940年前后的圣诞盘子，就因为受战争影响产量很少，所以价格比20世纪20年代的还要高。

我也有几只皇家哥本哈根的圣诞盘子，每当看到这些盘子的时候，我都会回忆起在欧洲生活时的点点滴滴，因此它们对我来说是千金不换的宝贵纪念。

这些盘子的后面都有一个小洞，可以用绳子穿起来挂在墙上，所以我总是把它们挂在玄关的墙壁上作为装饰，不过有时候也会用来装蛋糕、享受下午茶时光。

毕竟一直挂在墙上难免落灰，所以时常拿下来用一用就当作是清洁了，一举两得哦。

不把盘子收进柜子，而是挂在墙上作为美丽的装饰，或者也可以作为餐具使用。

只是一只小小的盘子都能够有这么多利用的方法，欧洲人充满美感的实用主义生活智慧实在是令人感动。

漂亮的玻璃器

本就美味的红酒，装在晶莹剔透的高脚杯中饮用，风味更佳。

虽然很多人烦恼“高脚杯怎样也洗不干净，达不到通透的效果”，但实际上只要用一些温水再加上中性洗涤剂就可以了。

在德国的酒吧里，我经常见到侍者只是将喝过的酒杯在混有洗涤剂的水池里涮一下，然后就直接倒挂在吧台上方。虽然我知道不用毛巾擦干酒杯是怕毛巾上的灰尘粘在玻璃上，但不用清水冲一下岂不是无法去除杯中残留的酒味和洗涤剂吗？不知道是否只有我一直对这件事耿耿于怀。

对于玻璃杯上难以去除的污渍，我们可以将柠檬切开后撒上一点盐在污渍处擦拭，然后用温水冲洗，倒扣晾干后再用麻布擦拭，就可以使杯子光亮如新。

像咖啡杯这种杯口比较深的杯子，用冰勺夹或者长筷子卷上厨房纸巾就可以把杯子内部手够不到的地方都擦得干干净净。

粘在雕花玻璃杯上的口红印，用牙刷蘸点洁面乳像刷牙一样轻轻地刷洗就能够清洗干净。

美味的茶

明明茶是那么美味的饮品，但在街上却几乎没有只卖茶的饮品店。

就算偶尔遇到一家，也只能和日式点心搭配购买。

每当口渴的时候，我都喜欢喝上一杯茶，然后悠闲地再来一杯。

如果出门在外也能像喝咖啡一样随时喝上一杯美味的茶，那该多好啊。

我在散步途中坐在星巴克里一边喝咖啡，一边这样憧憬着。

对于日本人来说，茶是家家都有的寻常之物，或许正因为如此，大家才觉得没必要特地在外面花钱买来喝吧。

不管在美国还是德国，可以喝到美味咖啡的地方随处可见，而在英国，不管是在家招待客人还是在酒店，红茶都是装在茶罐里随着整套的茶具端上来的，茶壶里装着足够倒满三杯的热水，客人可以根据自己的喜好调节口味的浓淡。

对于日本人来说，因为茶叶是在家接待客人时的必需之物，所以不管价格贵贱都被称作“粗茶”。

但正如有句古话说的一样，“丑女妙龄貌也美，粗茶新沏味亦香”。

就算是便宜的茶，只要冲泡得当，味道一样不逊色于高级的茶。

只不过高级的茶可以享受冲泡 3 次的美味，便宜的茶只能泡一次罢了。

高级的茶第一泡是甜味，第二泡是涩味，第三泡是苦味。

我家用来装茶叶的茶筒是用东北的樱树皮制成的，从茶筒往茶壶里盛茶叶时用的也同样是用樱木制成的茶勺。

以前我都是直接打开盖子把茶叶从茶筒往茶壶里倒，但后来从一本书上看到“有些事绝对不能做”，从那以后，我就决定在喝茶的时候一定要遵守规矩。

令人不可思议的是，以前我一直认为“太麻烦”而没有去做的事，一旦养成习惯之后，身体就自然而然地开始行动了。

不同种类的茶味道各不相同，冲泡的水温也会对味道产生影响。

似乎越是廉价的茶越应该用高温的水来冲泡。

玉露、煎茶、番茶、焙茶，一般来说我会按照具体情况选择不同的茶，平时则主要饮用煎茶与番茶。

更改布局

“每次来都不一样呢。”专门负责为我的书和杂志拍摄照片的摄影师H每次来我家都会这样感慨一番。

虽然家具和物品的位置都是“固定”的，但实际上我经常改变家里物品的摆放方式。也就是说，我会经常更改家里的布局。

每天都看着相同的东西，时间久了，房间的气氛会显得死气沉沉，让居住在里面的人也失去活力。所以，我有时会把挂在客厅墙上的装饰画左右交换位置，或者将沙发和椅子改变一下朝向。

暖炉上的相框我会前后交换位置，将摆在旁边的绿植的花茎剪短。有时候还会顺便把花瓶清洗干净并换水。

每隔一个月，我就会对摆在卧室床边的泰迪熊说“这个月辛苦你啦”，然后把它身上的灰尘打扫干净放进柜子里，接着拿出另一个对它说“接下来就拜托你啦”，把新的这个摆在床边。

经常更改布局可以让房间里充满新鲜的空气，还可以顺便对摆放的物品进行清洁和保养。

更改布局还能让我焕然一新、充满活力和干劲，对我来说，这绝对是重要的家务之一。

米糠与地板

每天晚上睡觉之前把第二天早晨要吃的米用水淘干净，然后用淘米水擦厨房的地板。这就是我平时晚上睡觉前"顺便做"的家务。

除了周末因为我早餐以面包为主所以休息一天之外，其他时候厨房的地板都是这样打扫干净的。

也正因为如此，我家厨房的木地板虽然稍微有些划痕，但18年来不但没有老化，反而越发地光洁明亮了。

有时候我也会用煮蔬菜剩下的汤来擦地板，不但可以把污渍擦得干干净净，而且光亮程度也非常令人惊讶。

需要注意的是，最好在菜汤稍微冷却但还比较温热的时候使用，这样效果最好。

另外我还发现，用菜汤顺便擦一下水龙头可以很好地去除水垢。

像这种家务之中的小发现，每次都会让我感到非常兴奋。

除了煮菜的汤，我还想起过去母亲那一代人曾经用“茶渣”和“豆腐渣”擦地板。

有时候做饭剩下一小把豆腐渣，母亲就会用一块抹布将豆腐渣包起来，然后仔细地擦拭玄关和走廊的地板。

我和弟弟们经常趁母亲不注意的时候在好像镜面一般能映出人脸的地板上滑来滑去。

茶渣就是将经过多次冲泡后没有味道的茶叶再次煮沸沥干水分后剩下的茶叶，用法和豆腐渣一样。

夏季过后，天气稍微凉爽一些的时候。母亲会用茶渣将走廊木地板上那些经过一整个夏季之后残留下来的黏腻腻的污渍擦拭干净，光着脚踩在上面的那种清爽感觉，直到现在我仍然记忆犹新。

窗边之美

“您家的房子是找谁修建的？”每年都有不认识的人按响我家的门铃问我这样一句话。这样的情况一般是因为他们也打算修建一个新家，很喜欢我家的建筑风格，所以想知道建筑商的名字。

这座已经住了18年的老房子到底什么地方吸引了他们呢？带着这样的疑惑，我走出大门重新打量了一下我家房屋的外观。

我在德国生活的时候，时常被当地民居那美丽的窗边景象所感动。

德国人的窗户总是被擦得像水晶一样透明，台灯的光亮和鲜艳的花朵透过带有白色蕾丝边的窗帘缝隙向窗外展露出微笑。

挂在窗户外面的花盆里错落有致地种植着红色或者白色的天竺葵，旁边则是叼着烟斗悠闲地享受着下午茶时光的人们。

如此美丽的景象简直就是一幅栩栩如生的画卷，让人不由得发出“太美了”的赞叹。

所谓幸福的生活，就是认认真真地过好平凡的每一天。

回国后修建新家的时候，我也做了一扇特别大的透明玻璃窗，挂上带有白色蕾丝边的窗帘，把鲜花和台灯摆在窗台上作为装饰。

夜晚时分窗边有台灯柔和的灯光，白天则有清澈透明的玻璃。

我希望不仅自己能够欣赏到窗边之美，同时也让素不相识的路人享受我精心布置的窗边美景。

出门之前，我会一边环视整个房间一边大声地说

“我出门了”，回家的时候则会先检查“门口有没有变脏”“是不是该换一批花了”，这是我每天必不可少的功课。

让他人在看到后都会感叹“好美”的窗边，同样也可以给居住在其中的人带来活力。

雨过天晴之后，如果时间还没过午，我一定会去擦玻璃。

因为窗户表面的污渍被雨水打湿之后很容易擦拭干净，能够比平时节约一半的时间和力气。

话虽如此，但要想把家里的玻璃全都擦一遍也是相当累的，所以我只在雨过天晴之后把显眼地方的玻璃擦干净，其他的地方则适当偷懒。

如果窗户不是很脏，那擦拭两块一平方米大的玻璃只需要 5 分钟左右，所以养成经常擦窗户的习惯，就可以使窗户永远保持清洁和透明。

“在变脏之前收拾干净”。

尤其是像窗户这样收拾起来特别费力的地方，做到上述这点尤为重要。

被干净漂亮的窗边景色所围绕的生活，可以让看到的人和居住在其中的人都产生一种幸福的感觉。

林中生活与报纸

在森林里生活的时候，除了因为工作关系而不得不使用电脑之外，为了尽可能地享受宁静简朴的生活，我只通过收音机和报纸获取外界的信息。

如果在东京生活，看过的报纸可以等到回收报纸的那一天处理掉，但在物资相对匮乏的森林中，如果把看过的报纸随便扔掉那就太可惜了。

因为看过的报纸也有许多种再次利用的方法。

※代替助燃剂

过去人们用炉灶烧洗澡水或做饭的时候，经常用报纸来引火。

我在森林小屋烧暖炉的时候，如果助燃剂用完了，那么报纸就是非常方便的引火物。

※保存蔬菜

将买回来的青菜用打湿的报纸卷起来，放在厨房角落的篮子里就可以使蔬菜保持新鲜。

如果在东京，我会用报纸把蔬菜包起来，然后放进冰箱。但在森林中，就算是夏天，气温也保持在20度以下，所以常温保存也没问题。

就连总跑出来捣乱的老鼠，也对被报纸包起来的蔬菜不感兴趣，从不会去搞破坏。

※厨房用纸

我在森林的家中没有洗碗机。

虽然吃完饭之后一边眺望着窗外的自然美景一边洗碗也是一种享受，但粘在盘子和煎锅上的油污很难洗掉，这总是让我感到很烦躁。

如果事先用报纸把油污擦拭干净然后再用水冲洗，就可以节省不少时间。最重要的是心情也随之变得舒畅了。

※天妇罗的滤油纸

每年夏天都有很多亲朋好友来我的森林小屋做客，大家一起打高尔夫、享受森林浴、泡温泉，等等。

而我招待客人的固定菜品就是用当地产的新鲜蔬菜制作的天妇罗。

每次我将这些在大城市里绝对吃不到的天妇罗装在一个大盘子里，搭配上美味的红酒一起端上来告诉大家“随便吃”的时候，所有人都会发出兴奋的欢呼声。

制作天妇罗的时候，可以将报纸当作滤油纸使用。

首先将报纸折叠到原来的四分之一大小，然后再折成波浪形。

把炸好的天妇罗摆在折成波浪形的报纸上面，多余的油脂就会被报纸吸收，而用过之后的报纸可以直接埋在院子里作为大地的养分。

因为森林中没有超市也没有便利店，所以任何东西都是非常宝贵的生活资源。

这也使我自然而然地产生了珍惜物品的生活态度和活用物品的生活智慧。

鞋与蜡笔

鞋必须“穿一天休息两天”。

因为鞋是维持人类健康生活必不可少的物品之一，所以要好好珍惜。

鞋和人一样是会呼吸的，如果每天都穿同一双鞋，很容易使鞋面积累灰尘和污渍，导致鞋子陷入“呼吸困难的状态”。

但只要让鞋子适当地休息，就可以将它的使用寿命延长4倍。

在让鞋子休息的同时，保养也是必不可少的。

我比较喜欢黑色和茶色的鞋，夏季则固定穿白色的鞋。

这几种颜色的鞋可以搭配任何款式和颜色的衣服，

绝对不会出现不协调的情况。

但是，因为街道并不平整，出门在外难免磕磕碰碰，不小心把刚买回来的新鞋擦破了皮的情况时有发生。

遇到这种情况不必着急，只要用和鞋子颜色一样的蜡笔在破损处涂抹一下就好。

涂抹之后用柔软的布仔细擦一擦，破损就几乎看不出来了。

每当我在生活中发挥出如此高水准的生活智慧时，就不由得心想“人一上了年纪可真了不起”。

不重装饰

不管生活还是装扮，都是越简单越好。

这样不但能够使身心都感到轻松舒畅，还可以激发内在的美。

当然这也要求我们必须努力提高自己的内在美。

对我来说，脖子上的项链绝对不能超过两环。

不管多么轻巧的项链，如果挂多了还是会让我感觉肩膀疲惫，而且项链太多看上去不够清爽，互相碰撞发出哗啦哗啦的声音还会让人很难为情。

每年奥斯卡颁奖典礼的时候，电视上都会转播好莱坞的女星们走红地毯时的景象，评论家们则会根据自己的喜好对女星们的穿着打扮做出“朴素而高雅”“没品位”之类的评价，我则趁机了解一些时尚界的最新流行趋势。

那些“朴素而高雅”的女星，虽然在服装颜色的选择上各不相同，但浑身上下的首饰则只有一对非常显眼的耳环（是真正的宝石），脖子上什么也不戴。

而她们前胸和后背裸露在外的肌肤，则因为经常保养的缘故散发出比宝石更加晶莹剔透的光芒。

当她们脖子上戴着豪华的项链时（也是真正的宝石），耳朵上就会选择很朴素的钻石耳钉，或者干脆什么也不戴。

这些世界一流的女星精雕细琢的装扮使我认识到，即便没有任何装饰，女人一样可以很美丽；还有就是，为了做到这一点，我们需要付出极大的辛苦去健身和节制饮食以塑造形体。

对于已经不再年轻又不是美人坯子的我来说，既然无法通过多余的努力使自己达到世界一流女星的水准，那就只能在首饰的选择上下点功夫，尽可能将我的肌肤衬托得更有美感。

上了年纪之后我惊讶地发现，自己在不知不觉中收集起来的首饰越来越多。

而且因为每一件首饰都背负着“过去的遗产”，充满了回忆，所以没办法简单地处理掉。

就算我把这些首饰全都戴在身上，今后的人生留给我的时间也是有限的。

如果不尽可能地多戴一戴，就好像冷落了这些首饰，感觉它们好可怜。

很多首饰都因为被收纳在首饰盒里而被我遗忘了。

于是我干脆把首饰都拿出来，将18K的金项链都挂在木制的首饰架上。

就像把香蕉挂在厨房里一样。

其实在外国电影的梳妆台上经常出现首饰架这种东西。

18K的金项链因为夏季戴的时候比较多，而难免会沾上一些汗渍和污垢。

要想清除这些污渍也很简单，只要在一个小玻璃瓶里倒满水，再加入少量的中性洗涤剂，然后将项链放进去浸泡30分钟。

30分钟之后拧上盖子，轻轻地晃动玻璃瓶，然后换水继续晃动玻璃瓶，直到水中没有泡沫为止。这样就可以去掉项链上的污渍，使项链光亮如新。

将首饰放在自己看得见的地方，可以一边挑选服装，一边思考“今天应该佩戴哪一件首饰呢”，增加选择的乐趣。而那些实在难以搭配的首饰或者没有多少回忆的首饰，还是尽快地处理掉比较好。

餐具的收纳

我家不管是平时自己吃饭还是接待客人，用的都是同样的餐具。

我的餐具是每搬一次家就少一点，现在餐具的数量只有20年前的三分之一。

餐具的数量变少之后，不但清洗保养起来更简单，而且还可以每一餐都使用质量好的、自己喜欢的餐具。

经常使用的餐具要放在方便取用的地方，同样形状的餐具要摞在一起。这就是我收纳餐具的原则。

与竖立起来相比，摞在一起更方便拿取。这是我根据自己的生活经验总结出来的生活智慧。

需要使用餐具的时候，如果餐具是摞在一起收纳的，那就可以很方便地取出自己需要的数量。

把用过的盘子和碗清洗干净、收纳回去的时候摆在最下面，就可以避免每次都只用同一件餐具，从而起到保养的效果。

把体积大、重量重的盘子摆在下面，把体积小、重量轻的摆在上面。这也是来源于生活的智慧。

同样形状的玻璃杯我一般会并列摆在一起。这样取用的时候只要依次拿出来就好，省去了挪动的麻烦。

收纳的规则和盘子一样，将里面的杯子往前移动，然后将洗干净的杯子放进里面，可以避免每次都用同一只杯子，起到保养的效果。

将餐具摆成一排和摆在一起的收纳方法，非常适合没有柜门和透明玻璃门的碗柜，这样能够使碗柜看起来十分整洁，而且餐具取用起来也非常简单方便，什么东西在什么地方一目了然。

天气、家务和扫除

如果不注意天气的变化，有可能会给生活带来巨大的损失，所以养成关注天气状况的习惯也是非常宝贵的生活智慧。

不管是晴天、下雨还是刮风，我们都有办法对大自然的力量加以利用。

阴雨天的空气湿度很高，所以窗户和换气扇上的顽固污渍会因为受潮而更容易被擦掉。

在晴天进行用水量比较大的扫除工作，可以借助太阳的力量让水分更快地干燥。

夏季天气潮湿闷热的时候做面包，面团发酵的速度特别快。

借助天气的力量做家务和扫除，还能起到事半功倍的效果。

※雨过天晴之后或者阴天的日子擦窗户和换气扇

前文中也提到过，我“擦窗户的时间”就是雨过天晴之后的上午或者阴天的日子。

在空气湿度较高的阴雨天气里，玻璃表面的污渍会因为受潮而更容易被擦掉。因此我们不用费力地擦，只要用毛巾轻轻地擦拭就能够把污渍擦掉。

※夏季阴天的时候是清理换气扇的最佳时机

与擦窗户一样，换气扇表面的油污也会因为受潮而更容易被擦掉。

※下雨天洗百叶门

最近，我看到有人在下雨的时候把百叶门搬到院子里。

这种借助雨水的力量来冲洗百叶门上的污渍的方法，能够节省体力、时间和水，实在是一举三得。

我们需要做的只是将百叶门拆下来、搬到外面，剩下的事就全交给上天赐给我们的雨水来完成。

没有院子有阳台也可以，把百叶门横着放倒在阳台上能够被雨水冲刷到的地方，一次大约能清洗两片百叶门。

如果污渍很多，在上面稍微滴一点中性洗涤剂，则清洗的效果更佳。这就是利用大自然力量的环保生活智慧。

晴朗的日子最适合打扫玄关的地面和房间里的地毯。玄关是最容易集中家里的潮气和异味的地方。

有的人家一开门，就有一股令人不快的气味扑面而来。

充满异味的玄关还容易使房间里的空气也变得混浊。

为了让房间时刻保持舒适的空气，我们必须每天早晚都打开玄关的大门，让空气流通。

天气晴朗的时候，我会用扫帚把东京家里玄关处的大理石地面清扫干净，然后用蘸湿的抹布擦拭。擦完之后打开大门，让流通的空气把地面吹干。

森林小屋的玄关地面是石头砌成的，我会直接把一桶水浇上去，然后打开房门，使其自然干燥。

如果地面上有明显的污渍，我会用甲板刷把污渍擦掉，然后再用水冲洗干净。

一般情况下，我都用吸尘器来清理地毯；但天气晴朗的日子，我会用一块拧干的毛巾擦拭地毯的表面，然后开窗一个小时，让潮气散出去。

清理地毯和地板的时候，如果想一口气做完，那么不管体力多么充沛的人也会感到疲惫。

而疲惫是家务和扫除的大忌。

当人体感到疲惫时，大脑会对接下来的行动产生排斥，结果不管是家务还是扫除都无法继续。

所以我会先决定扫除的时间和地点，在事先规定好的范围内进行扫除的工作。

比如我决定扫除5分钟，那么时间一到就立刻停手。

重复多次这种5分钟的扫除之后，你就会知道在5分钟的时间里可以做完哪些事情，然后按照优先顺序对那些容易变脏的地方进行打扫。

顺其自然的生活智慧，一直以来都是身为农耕民族的日本人最擅长的事情。如果继续探寻或许还会有更多的发现。

值得一提的是，在我小的时候就有非常令人怀念的原始的“天气预报”。

傍晚时分看西边的天空，如果有乌云，那明天就要下雨，如果天是亮的，那明天就是晴天。

因为气流是自西向东移动，所以这种说法似乎也有点根据。

秋季，如果连续3天以上都是晴天，那再过一天肯定会下雨。

这是因为秋季的晴天是由来自亚洲大陆的移动高气压经过日本的时候带来的，基本上能够持续3天，随后就是降雨。

但是，最近也会突然出现强风、冰雹和龙卷风等异常气象，这些都无法用以前的经验来解释。

过去人们常说“燕子低飞要下雨”，是因为下雨前空气潮湿，小飞虫的翅膀沾上水珠变得沉重，导致它们飞不高，燕子只能低飞来捕食这些小飞虫。

我记得小时候还玩过天气占卜，比如在屋檐下挂晴天娃娃，祈祷明天会是一个好天气，或者把鞋子高高地扔上天空，掉下来时如果鞋底朝上，那么明天就是“晴天”，反之则会“下雨”。

这些究竟有什么根据我就不知道了，也许只是小孩子们的游戏吧。

现在电视和收音机里都有天气预报员播报未来几天的天气，还会根据天气情况给出“明天很暖和适合外出散步”或者“请带好雨伞”之类的建议。

因为最近天气预报的准确度比以前高了不少，所以我也会根据天气预报来决定第二天出门的时候应该穿什么，同时还可以对行程进行安排，实在是非常方便。

不过，回想起小时候进行天气占卜的那些往事，我不由得感叹，虽然那时候的生活不如现在方便，内心却总是很富足。

牛奶与护肤

夏天畅享户外乐趣之后，如果不小心被晒伤，可以用冰镇牛奶来处理。

用一个棉球沾满刚刚从冰箱里拿出来的牛奶，然后敷在鼻子、手腕和肩膀等被晒伤的肌肤上，如果感觉棉球变热了就再泡进冰镇牛奶，棉球冷却后重新敷上。

当我在南方的沙滩上被冬季的太阳晒伤时，就想到了这个办法。

冰镇牛奶不但能够消除肌肤被晒伤后造成的灼烧感，还能够使肌肤更加润滑。

后来我查了一下才知道，牛奶里富含的维生素 A 能够滋润肌肤，而钙能够使肌肤更加紧致。

在国外生活的时候，那种大包装的牛奶我经常喝不完，而将喝不完的牛奶用来保养肌肤，就可以做到一滴都不浪费。

牛奶还可以减轻由紫外线造成的色斑和皱裂，实在是既好喝又好用。

最近，我在户外运动中感觉脸部被晒伤的时候，都会将冰镇牛奶抹在脸上，然后轻轻地拍打。

另外，冬季还可以用温牛奶来保养手部的肌肤。

将牛奶和热水以1 ： 5的比例倒入洗脸盆，然后用这个稀释过的牛奶洗手，同时对手部进行按摩。

洗完手用毛巾把手擦干，你会感觉手部很滋润，皮肤也变得光滑了许多。每年秋冬季节皮肤容易干燥的时候，我都会每周进行一次牛奶按摩。

第三章

让你的心灵像音乐一样优雅

为每一天平凡的生活欢喜、感动、感激。

不管是认真地生活还是草率地生活，每一天的时间都是相同的。

但是只要认真地对待生活，总会有许多令人惊喜的发现。

这种惊喜，能够使我们的心灵得到治愈、精神更加饱满、性格更加温柔、生活更加充实。

就像名曲一样令人陶醉。

散步时邂逅的野草

与在森林相比，城市里到处是人工堆砌的痕迹，缺乏自然的感觉。

稍不留神，厌烦的情绪就会表露在我们脸上，然后以天气情况、身体或者心灵的疲惫等作为借口而不愿继续，导致散步难以坚持下来。

我曾经也是这样，但后来我调整了心态，不再只是单纯地走路，而是尽可能地对路旁的野草和当季的鲜花多加留意，心里想着“今天又会邂逅到怎样的美景呢”，这样，每天清晨的散步也变得乐趣十足。

仿佛我散步不只是为了身体健康，还因为我是负责观察路旁这些花花草草生长情况的“监管员”。

每天清晨，一边散步，一边寻找在城市的角落之中悄然绽放的野花野草，实在是完美的享受。

紫露草、鱼腥草、艾蒿、蒲公英、黄鹌菜……

很多野草我都是查了图鉴才知道叫什么名字，真没想到，在城市的喧嚣之中竟然也有这么多我叫不上名字来的野草。

每当梅雨季节临近、空气变得闷热的时候，鱼腥草就会开出白色的小花，抛开其独特的刺鼻气味不谈，这些白色的花朵看上去确实非常清爽漂亮。

邂逅这些生机盎然的野草，也就意味着我最喜欢的“夏季”马上就要来了，这不由得使我的精神也为之一振。

鱼腥草的花不但具有药用价值，还有清除异味的效果。

所以，散步路上我会顺便摘几朵鱼腥草的花，回家后插在小花瓶里，摆放在玄关或者卫生间里。

这是自古流传下来的清除房间异味的生活智慧。

如果将鱼腥草的花放在冰箱上层的角落里，还能够清除冰箱里鱼和肉产生的异味。

在制作应季的料理时，路边的野花野草还是充满季节感的宝贵食材。在森林里发现的蒲公英可以用来制作天妇罗和腌菜，这样，在家就可以享受到高档餐厅的美味哦。

今年5月黄金周的时候，森林小屋周围的小路旁长出了许多笔头草。

我赶紧摘了一些，回家用水焯一下，然后加上砂糖和酱油做成佃煮，吃起来味道相当不错！

发现艾蒿的时候，我会摘满满一筐，用水焯一下以去掉苦味，然后加入面粉用力地揉成面团，最后加点发酵粉上锅蒸，感觉自己好像变成了森林里的面包师。

盛夏的白色麻衬衫

我觉得熨衣服很麻烦，所以熨衣服是我第二讨厌的家务，仅次于扫除。

尤其是在夏天熨衣服，平时吃苦耐劳的我这时候也避之唯恐不及。

于是我想出了一个能够使自己从熨衣服的痛苦中解脱出来的方法——

洗完衣服晾晒的时候，首先把衣服上的褶皱尽可能地抚平，像牛仔裤之类比较沉的衣物可以直接挂晒晾干，只要晾晒上稍微下点功夫，就能够使自己免受熨衣服的痛苦与折磨。

今年夏天，我趁着 Agnes b. 大减价的时候买了一件白色麻布衬衫。

尽管我也知道麻布保养起来很麻烦，但这件衣服的品质上乘，想要穿着它享受夏日明媚阳光的欲望战胜了一切。

既然如此，我就得想一个好办法让自己既可以享受舒适的穿着又不必在保养上大费工夫。

夏季的贴身衣物，哪怕只是穿一小会儿也会被汗水浸湿，所以我干脆不管衣服上的干洗提示，直接扔进洗衣机里洗干净，然后抚平褶皱挂晒晾干。

熨衣服的时候用中温把衣襟、袖口、肩膀和前面的接缝熨一遍，至于其他看不见的地方则全部省略。整个过程只需要5分钟。

因为操作起来非常简单，所以就算经常洗也无所谓。况且不用送去洗衣店，也节省了一大笔钱呢。

更重要的是，这样熨完的衣服看起来非常完美，就好像仔仔细细地熨过一样！麻布本身就有一种自然的美感，不管是看上去还是摸起来都非常舒适，穿在身上更是让人觉得自己在认认真真地生活。

麻布还具有极强的透气性，作为夏季服装的面料实在是再合适不过了。

“果然夏天还是麻布衣服最好啊”。

每当有人对我的麻布衬衫赞不绝口，我的心中都会产生出一种说不出的快感。

就算是比较麻烦的事情，也可以通过小小的智慧使其变得简单。

尽管我身上穿的衣服看起来经过非常精心的保养，但实际上我并没有耗费多少精力。

或许这正是最高级、最奢侈的生活方法。

更认真一点

每周用吸尘器打扫卫生3次。

这是我给自己规定的家务习惯之一，但有时候我也会稍微改变一下做法，以防生活一成不变。

当我感觉每次都用吸尘器打扫卫生太麻烦的时候，就是应该做出改变的时候了。

平时我总是从1楼的厨房开始打扫，但偶尔我也会从卧室开始打扫。

改变扫除时的动作顺序能够使心情也焕然一新，让因为重复同样的动作而开始产生惰性的身体与心灵都重新涌起干劲。

有时候，我还会产生把挂在墙壁上的绒毯和家具用吸尘器认真地打扫一遍的想法。

尽管认真地打扫所用的时间和平时基本相同，但认真地打扫完一处之后，我的扫除热情就会一下子被全部激发出来，然后干劲十足地把其他地方也打扫得干干净净。

虽然我很喜欢做饭，但有时也会在懒惰小人的怂恿下感觉"好麻烦啊"而在做饭时偷工减料。

偶尔我也会不做饭而跑到外面去吃，但我时刻告诫自己，绝对不能被懒惰的小人击败，一定要以自己做饭为主。

在外面吃饭作为偶尔的调剂确实可以给生活增添一些新鲜感，但长期下去不管身体还是精神都会吃不消。

如果因为"懒得动"就对身体放纵，那么就会连心灵都变得懒惰起来。

当你对每天的家务感到疲惫，认为做家务总是一成不变而且非常麻烦的时候，不妨稍微尝试改变，只要改变一下做家务的顺序和方法，心情也会随之发生变化，产生想要“更认真地”打扫的想法。

蔬菜！蔬菜！

我很喜欢吃蔬菜，特别是应季的蔬菜，是我餐桌上必不可少的美味之一。

大自然对人类的恩惠既伟大又不可思议，夏季的蔬菜能够使身体感到凉爽，冬季的蔬菜则会给身体带来温暖。

生吃蔬菜会带走身体的热量，所以晚餐最好把蔬菜煮熟了再吃，早晨的话则可以直接吃西红柿、黄瓜和西生菜等制成的沙拉。

用水焯蔬菜的时候，需要知道什么样的蔬菜可以冷水下锅，什么样的蔬菜最好等水开之后再下锅。一般来说，根菜可以冷水下锅，叶菜最好等水开之后再下锅。

胡萝卜、大萝卜、土豆等可以冷水下锅。菠菜、卷心菜、花椰菜等最好等水开之后再下锅。

不擅长做饭的人可以选择像西生菜那样制作简单、容易获得而且对身体很有好处的食材，从“为了自己的身体健康”开始。

我在德国生活的时候，曾经受邀参加过一个只有女性的“沙拉派对”。

各种各样的新鲜蔬菜都被装在大大的盘子里，边上则是种类繁多的沙拉调料，大家一边品尝新鲜的蔬菜，一边开开心心地聊天，感觉自己好像变成了健康美人，真是非常有趣的聚会。

最近，不管蔬菜还是水果都已经失去了季节感，因为我们任何时候都能够吃到想吃的蔬菜和水果，但吃应季的蔬菜和水果对健康的生活来说是非常重要的。

当店里摆着西红柿和黄瓜的时候就是夏天要来了，摆着大萝卜和菠菜的时候就该为过冬做准备，这种一年四季的变化所带来的感动，以及应季食材所带来的恩惠，值得我们衷心地感谢。

每当想到这些事情，容易感动的我就会产生即便是“平凡的每一天”也要“认认真真地度过”的想法，从而整个人都沉浸在幸福之中。

萝卜全身都是宝

我在商店里看到大萝卜的时候，都会买一整根回来。

营养丰富的萝卜既可以用来做一顿精致的大餐，也可以用来做一顿简单的料理。

萝卜的叶子可以用盐腌制成咸菜，还可以用香油或者酱油与糖炒着吃。

腌好的萝卜叶用水洗一下、切碎就可以吃，非常适合作为忙碌早晨的配菜。炒萝卜叶很简单，就算是深夜时分也可以很快做好，是想要品尝红酒又没有下酒菜时的绝佳选择。

叶片附近的萝卜头可以用来做味噌汁，口味甘甜、水分丰富的上半段可以用来做萝卜泥，还可以煮着吃。

萝卜的中段部分磨碎后可以配在味噌汤和酒糟汤里做调味，还可以直接做沙拉食用。

萝卜的下半段有些苦味，切成片放在太阳底下晒，就成了营养丰富的自制萝卜干。

有时候客人会惊讶地问：“这些都是你自己做的？”虽然我实际上只是把萝卜磨成泥、晒成干而已，但听到别人夸奖自己擅长做家务，我的心里还是美滋滋的。

认认真真地生活，没有丝毫的浪费，尽量把一切东西利用起来，每当做到这一点的时候，我的心情就像看到雨过天晴的天空一样舒畅。

日本料理

每当有人问我“吃日餐还是吃西餐”的时候，我都会毫不犹豫地回答“日餐”。

去国外的时候，中途我肯定会非常想吃日本料理，于是到处找日本餐馆，只要有米饭和味噌汤，不管味道怎么样，都能够稍微缓和一下我身在异国他乡的紧张感，使我的心灵感到温暖起来。

然后发自心底地感慨“我果然是日本人啊”。

日本料理被联合国教科文组织评选为非物质文化遗产，得到全世界的关注。

通过日本料理能够感受到日本人民生活的智慧和态度，这也正是日本料理的魅力所在。

用多种多样的料理方法将应季食材的美味和美感完美地呈现，对自然界的食材心存感激，就连刀工都追求不破坏食材的口味和美感。

对不同食材进行加工的时候，要根据食材的特性选择最合适的温度。

由此可见，日本料理是日本人所特有的高雅而精致的料理法。

正是在料理过程中付出的这些时间与精力，才能够创造出日本料理深邃的“美味”和朴素的“美感”。

每当我在餐馆里品尝到美味的日本料理，都会想起这些日本料理的精髓，又联想到“自己每天在厨房里慌张的样子”，不由得反省“偶尔也应该花些时间仔细地做一顿饭”。

于是到了第二天，我就会仔细地把焯过的菠菜上的水分攥得干干净净。

我的“日式厨房工具”

说起日本料理就不得不提起那些使用非常便捷的料理工具，我也有几样非常重要的“日式厨房工具”。

这些一直以来都是专业厨师使用的工具，用的时间久了让我也爱不释手。

※竹篓

柔软且富有弹性的竹篓可以用来沥干蔬菜和面条的水分，最近我还用它来制作梅干和紫苏干，晒萝卜和鱼干的时候更能大派用场。

因为竹篓的网格凹凸不平，非常适合用来沥干水分，而且重量轻、取用方便，上了年纪之后我越来越离不开它了。

更重要的是，竹篓是用竹子这种天然材料制成的，具有温和的美感，每次看到都会使我的心情缓和下来。

我有大小两种竹篓，给一人吃的面条沥水的时候用小号的，做梅干和蔬菜干的时候用大号的。

值得一提的是，我在国外生活的时候，竹篓也是与我同甘共苦的忠实战友。

※土锅

当我想吃美味的米饭时，就会用土锅烧一锅。

如果在家里备好一整套的土锅，就能够根据人数选择合适大小的土锅烧饭。

由于土锅的蓄热性极强，所以开锅后小火加热能够更好地激发食材的美味。大号的土锅还用来做炖煮的料理。

用土锅炖蔬菜或者肉类，只需把食材切好后扔进锅里，省去料理的麻烦，炖好后直接端上饭桌，热气腾腾的食物看上去就让人垂涎欲滴，不管是一个人吃还是大家一起分享，都是非常完美的“家常菜”。

喜欢的东西与我

什么是好东西?

对于我来说，喜欢的、好用的，就是好东西。

当然，花光本就不多的积蓄买来的沙发，长年累月一点一点收集起来的餐具，或者一见钟情的摆件，都是和我一起度过了漫长的岁月、在人生这个战场上同甘共苦的重要伙伴。

咖啡杯、盘子、饭碗，从每天都会使用的餐具到装饰摆件以及家具等身边的一切，都是我非常中意的东西。

在外国的街边小店因为一见钟情而买下的很便宜的摆件，几十年后的现在也变成了很精致的古董，从上到下都散发出不逊色于任何昂贵名牌的高贵气息。

因为身边都是自己喜欢的东西，所以要精心对待，不但要经常保养，有时候我还会和它们说说话，这些东西使我自然而然地养成了每天认真生活的习惯。

这些东西是我稍有不慎就会变得杂乱而忙碌的每一天中必不可少的润滑剂。

当我拖着疲惫的身体回到家，这些我喜欢的东西都会温柔地对我说“你回来啦”，和这些喜欢的东西在一起生活的日子都是舒适且充实的时光。我感觉正是这些东西提高了我的品位，甚至改变了我的生活。

与众不同的乐趣

不知道为什么，我小时候很不擅长和大家一起“向右转”。

虽然我赛跑总是第一名，但每当大家一起做体操需要“向右转”的时候，我就总是害怕自己做错，心里非常紧张。

小时候大家都背那种红色和黑色的牛皮书包，但我却喜欢乡下商店里师傅做完当成样品的鲜红色中间带黄色向日葵的猪皮书包，反而对大家背的那种高级货完全没有兴趣。

现在有专门面向小学生的轻便布制双肩包，但我小时候只有沉重的牛皮书包，而且颜色也是固定的，女孩子的是红色，男孩子的是黑色。

与坚硬的牛皮书包相比，猪皮书包背起来更柔软、轻便。

更重要的是，这个书包上有我最喜欢的夏天的向日葵，这样的书包只有我才有。

小学6年间，不管刮风还是下雨，这个书包一直守护着我“无迟到、无缺席”的纪录。

即便在过了半个世纪的现在，我仍然对与众不同的东西、不寻常的事情以及世界上独一无二、绝无仅有的物品很感兴趣，每次看见都会兴奋得像个孩子。

动手尝试

我很喜欢自己动手尝试做一些事情，比如织毛衣或者做料理之类的。

每当我动手做些什么的时候，都会感觉自己的内心变得平静、温和、充实。

我在H&M夏季大减价的时候买了一件男款的白色棉衬衫。

为了让这件衣服看起来更“可爱”一些，我在这件衣服的胸前缝了两条从百元店里买来的蕾丝。

我将只剩下一只的金耳环用胶水粘在一枚舍不得丢掉的旧胸针上，结果这个旧胸针摇身一变成了非常豪华的首饰。

只要稍微动动手，就算是很廉价的衬衫也能够变成世界上独一无二的时装。

将舍不得丢掉的旧胸针稍微改装一下也会变成不逊色于任何昂贵宝石的古董首饰。

每次我都会开动脑筋并充满期待地动手尝试。

我非常喜欢和享受这个过程。

“这是在哪儿买的？”

“一定很贵吧？”

朋友们看到我与众不同的衬衫和胸针时都交口称赞。

我则在心里暗自窃喜，犹豫着是否应该把实情告诉他们。

我的母亲

在我小的时候，母亲从筷子的用法、打招呼的方式、坐下的姿势到对长辈的称呼，无一不对我严加管教。

如果我剩饭，母亲就会说“这样很对不起农民伯伯”，然后让我把饭一粒不剩地全吃光，这也让我养成了不挑食的好习惯。

过去，“不浪费”是日常生活中理所当然的事情。不浪费就是对别人劳动成果的尊重。

母亲在后院养了10只鸡。

当时正逢战后粮食紧缺。

如果鸡下的蛋比较多，我们一家四口又吃不完，母亲就会用报纸把鸡蛋仔细地包起来，送到有病人的邻居家里。

当时的我并没有意识到这是“乐于分享，关心他人”的美德，但在我迎来人生后半段的现在，每当我回忆起这些母亲的往事时，都不由得从心底涌起一股暖流。

剩饭的利用

每周我都会制订一份食谱，但如果有时候饭做多了没吃完，那么第二天我就会把食谱改一下，继续吃前一天剩下的饭菜。

毕竟食材不能轻易浪费，要尽可能地全部利用起来。

我很享受将剩饭剩菜重新变成美味佳肴的乐趣。

土豆炖肉每次做的量都很多，对于人数较少的我家来说一顿根本吃不完。

所以第二天早晨我会打一个鸡蛋，用剩下的土豆炖肉做一个超级煎蛋卷。

如果再切点青椒和菜豆放进去，那就成了既营养丰富又看上去充满季节感的“西班牙风情煎蛋卷”。

午餐时吃剩的牛肉饼可以在晚上和米饭一起放进锅里炒，再加点咖喱粉和番茄酱，一份热气腾腾的咖喱炒饭就大功告成了。

吃的时候用西生菜把饭卷起来，不但看上去非常漂亮，而且还可以补充蔬菜。

美味的国产牛肉在我家只有一种吃法，那就是制作寿喜锅，而锅里吃剩下的汤汁是绝对不能倒掉的。可以往剩下的汤汁里打个鸡蛋做成鸡蛋汤浇在饭上，还可以用汤汁做底料来炒豆腐或豆腐渣，这样做出来的炒豆腐味道特别香。根据个人的喜好还可以往上面撒点五香粉，那味道堪称一绝。

控制欲望

人生有山也有谷。

就算现在衣食无忧，但谁也不知道明天会变成什么样。

为了应对上了年纪之后的退休生活，只有养成不论贫穷还是富有都对生活不会产生任何影响的“认真仔细的生活习惯”，才能安度晚年。

“平衡感”对认真仔细的生活来说尤为关键。

“量入为出”。

也就是说，根据自己的实际情况，搞清楚什么地方值得投入，什么地方应该节俭，在生活中分清主次。

认真仔细不是小气吝啬，而是控制自己的“欲望”，不把钱花在没必要的东西上。

认真仔细能够让我们的心灵变得充实，而小气吝啬则会让我们的内心变得贫瘠。

在德国，朴素的生活方式会得到大家的尊敬，而小气吝啬则会遭人讨厌。

对于应该买什么东西、花多少钱，我们需要根据自己的生活方式来控制在衣、食、住上的欲望。

因为工作的关系，我有时候需要购买一些流行款式的上衣和裤子，但毛衣和衬衫已经有足够的数量，所以每次我都会控制自己购买的欲望。

我甚至还打算只留下今后人生中的必需品，以“一天一个”或者“一周一个”为目标对物品进行清理。

我会一边思考自己拥有的时间和物品，一边控制自己的欲望，只把钱花在那些自己喜欢而且对身心都有好处的东西上。

比如稍微多花点钱购买应季的食材，做成美味的料理，用应季的美味来滋润心灵。

为了身体的健康尽量多走路，顺便去咖啡店买一杯美味的咖啡作为对自己的奖励。在外面喝咖啡比在家里喝咖啡多了一份释放感，就连咖啡似乎都变得更好喝了。

如果我在钱包里发现500日元的硬币，就会想到那些在国外从事医疗支援服务的志愿者和导盲犬，然后把这些钱捐献给志愿服务组织。

我每天早晨都要吃沙拉，而沙拉调料是我自己做的。

醋的用量根据当天的身体状况进行调整，使用初榨橄榄油绝对不能小气，盐少量即可，然后用力将它们搅匀。

认真仔细的生活“智慧”“节约”和“浪费”都必不可少，为了让人生变得更加美好，我们应该“充满热情地活下去”。

重复利用

我有一条穿了10年的牛仔裤，现在膝盖部位已经磨得很薄，几乎要磨破了。

但是因为这条裤子穿起来很舒服，我非常喜欢，所以我不舍得扔掉。

我想起家里有从其他的牛仔裤上剪下来的裤脚，于是决定把这条我非常喜欢的牛仔裤“缝补”一下。

最近修鞋店不仅修鞋，还提供皮包和衣服的修理和修改服务，实在是非常方便。

我还记得小的时候，母亲用补丁把我裤子膝盖上的破洞缝补好。

那时候我对“东西可以重复利用”“不能浪费”这些日本人的“传统美德”还完全没有概念。

不知道是因为母亲不擅长缝补，还是因为没有找到合适的补丁布，总之膝盖上那块被母亲缝补过的破洞后来变得越来越大，反而让我的裤子破得更加明显。

我嫌那条裤子不好看，不愿意穿，但母亲却强迫我继续穿着，当时我幼小的心灵所产生的那种阴暗且忧郁的心情，直到现在我仍然清楚地记得。

但是对母亲来说，她好不容易缝补好的裤子竟然遭到我的嫌弃，或许我才是那个不懂事的孩子吧。

再说说那条我送去给专业人士“缝补”的牛仔裤。

真不愧是专业人士，快要磨破的地方经过缝补后几乎完全看不出来了，同时又保留了牛仔裤饱经风霜的年代感，实在是一次非常完美的重生。

拿到这牛仔裤之后，我仿佛又回到了那个不管对任何东西都“不浪费、重复使用”的呼吁环保的时代，心里十分开心。

我并不吝啬，而是“不浪费”的节约之心能够诞生出许多生活的智慧，让我们的生活变得更加充实。

虽然在物质极大富裕的现在，我们不可能再过和物资匮乏的昭和时期一样的生活，但保持一颗“重复利用”的心却尤为重要。

比如买东西不能只凭一时冲动，还要仔细地思考买回来之后能够怎样利用。

哪怕只做到这一点，也算是有一颗“重复利用”的心了。

美味的腌菜

今年初夏，当我在森林道边的车站看到新鲜的夏季蔬菜整齐地摆放在货架上的时候，我突然很想吃腌菜。

虽然在商店和超市里就能够轻而易举地买到老店制作的美味腌菜，但我并不喜欢那样，我喜欢自己亲自动手制作腌黄瓜和茄子。

但近几年因为太忙，我一直腾不出时间来自己制作腌菜。

气温上升、乳酸菌活动频繁的 6 月是制作米糠酱的最佳时机。

从 6 月开始一直到秋季，人们都可以品尝到美味的腌菜。

因为对于真正的腌菜来说，冬季和春季都是休眠期。

过去我母亲制作的那种真正的腌菜，只是想一想都觉得做起来好麻烦，但我做的腌菜却非常简单。

首先是买米糠，用水煮开之后放凉，再加入少量的盐，等米糠变硬之后和红辣椒、海带、甘蓝丝放进同一个容器盖上盖子，在常温下放两天左右。

第三天的时候就可以往里面放黄瓜、茄子、胡萝卜等蔬菜，腌制一天就能吃。

容器我一般选择中号的特百惠圆形保鲜盒，一次放刚好够吃的蔬菜量就行，避免放多之后导致浪费。

腌制的时候只需要搅拌均匀即可，一点也不麻烦。

米糠酱做好后要放进冰箱保存，我需要出门好几天，就不再继续腌菜，而是在米糠酱上撒点盐。

我也曾经遇到过米糠酱变酸和长霉斑的情况，对策是把发霉的部分挖出来，然后补充新的米糠，再加上盐和辣椒粉，这样米糠中的乳酸菌就会重新恢复活力。

有时候我还会往里面加点酸奶和苹果核，用以促进菌类发酵。

整个夏秋两季，早晨从米糠酱里取出腌好的蔬菜，把米糠酱重新搅拌均匀，然后放进新的茄子、黄瓜和萝卜。

用水把粘在腌菜上的米糠酱洗掉，然后切成合适的大小，摆上餐桌。

只是想一想都让我对这样的早餐充满了期待，不知何时连心情都变得柔和起来。

青辣椒的故事

夏季的周末，只要没有特殊情况，我基本都会在森林中度过。

尽情地享用新鲜的蔬菜，在森林中一边感受舒爽的微风一边悠闲地散步，躺在路旁的长椅上听着鸟儿婉转的歌声打个小盹。

把自己摆成一个大字躺在地上仰望天空，在万里无云的蓝天之中行驶的飞机看上去就像一个小黑点一样缓缓地移动。

“就算坐不了飞机也一样可以变得很幸福。”

我想起以前曾经看过某部小说或者电影里，一个从贫穷的乡村来到大城市的少女满怀憧憬地眺望着天空中的飞机说出了这样一句话。

没错，幸福的青鸟不在遥远的天空，而是一直就在我们身旁。

同样还是这位少女，她不喜欢城市里那寡淡无味的青辣椒，反而怀念乡下那种只要吃一口嘴里就好像要喷出火来的青辣椒。

正所谓只有远离家乡才会意识到家乡的好。

在家乡的时候非常讨厌的乡间之味，离开之后，那些却变成了心里的美妙之味、怀念之味。

就连东京的混乱繁杂，也在与悠闲的森林生活相比后变得充满了活力。而宁静的森林生活也正因为有城市的喧嚣和疲惫才显得尤为惬意。

正当我想入非非的时候，当地的农户抱着一大筐自家产的青辣椒敲开我家的门对我说“都是今早采摘的”。

因为我刚好想到青辣椒的事，于是决定中午就吃它们了。

我用橄榄油把青辣椒炒了一下，刚吃一口就感觉嘴里好像被点着了火一样，非常刺激的辣味一瞬间就传遍了我的全身。

不管是喝水还是喝茶都不管用，直到我又把桌子上的梨和葡萄全吃光才终于缓过来。

恐怕我这辈子都无法像小说里的少女那样对青辣椒产生怀念的感觉了。

但毕竟是新鲜的青辣椒，扔掉实在是太浪费了。

对了！不如做成“青辣椒味噌”吧。

就像我把从森林庭院里采摘回来的款冬做成了“款冬味噌”一样，或许只要稍微换一下调料就行了。

首先将青辣椒细细地切碎，然后和酒一起煮开，等到辣椒变软的时候加入味噌和砂糖，然后再小火煮一会儿。

等煮到黏稠状态的时候就做好了。因为青辣椒冷却后会变硬，所以用的时候可以稍微加热使其变软。

将煮好的青辣椒味噌装进用热水消过毒的空果酱瓶密封起来放进冰箱，可以存放很长时间。

做炖煮料理的时候可以放一点提味，还可以用来蘸萝卜和黄瓜一起吃，相当美味。

这美味的青辣椒味噌让我认识到一件事。

或许那位少女所怀念的并不是青辣椒的味道，而是母亲亲手制作的饭菜的味道。

第一缸洗澡水

我喜欢泡澡，把整个身体都泡在浴缸里只露出脑袋，能够让疲惫的身心得到放松，整个心情都变得好起来。不过刚烧好的洗澡水非常热，如果第一时间泡进去会让身体感到有些刺痛，这是因为第一缸洗澡水温度不均匀，会对皮肤造成刺激。

所以过去人们常说“第一缸洗澡水对身体不好”，而之前有人泡过的洗澡水因为溶解了汗里面的盐分，所以温度会变得均匀而且更加柔和，对身体更有好处。

但是，我却很喜欢刚刚烧好的这第一缸洗澡水。

每次泡澡之前我都会先在浴缸里撒一小撮盐并搅拌均匀，或许是心理作用吧，我感觉这样做之后洗澡水就变得更柔和而且温度也刚刚好了。也许这种做法在“化学上”是正确的。

用半身浴和足浴来消除疲劳

有时候我也会用半身浴来放松心情。

尽管我很喜欢将整个身体都泡在浴缸里的全身浴，但有时间的话我也会享受一下只将洗澡水泡到胸口的半身浴。

因为半身浴不会给心脏增加负担，可以悠闲地多泡一些时间，对血液循环也有好处。

在寒冷的冬天，身体尤其是腰部感到寒冷的时候，泡半身浴能够使身体暖和起来。

将胸部以下泡在40℃左右的热水里，等待身体微微出汗。为了避免肩部着凉，最好披一条浴巾。

泡脚也很有好处。

在时代剧里经常能看到古时候的人们为了消除长途

旅行造成的疲劳而用热水泡脚的场面。

泡脚能够轻松地消除疲劳，站久了或者进行体育运动之后尤为有效。

首先找一只大桶倒满热水，然后再加入少量的醋。

一边阅读之前没看完的书，一边把整个小腿都泡在桶里并让热水没到膝盖附近，不知何时整个身体就都暖洋洋的。

脚部的疲劳被驱除之后，内心也会随之温暖起来。

美妙的梦

我是一个睡眠质量很好的人，就算换了枕头也能够很快睡着。

虽然偶尔也有因为情绪高涨而久久无法入睡的时候，但只要拿起书看不到 5 分钟，我就会在睡魔的侵袭下安然入睡。

遗憾的是，因为我睡得很沉，所以很少做梦。

但我小的时候总是梦到在天空中自由地翱翔，或者与圣诞老人一起坐着雪橇给小朋友们送礼物，然后在“真希望这不是在做梦啊”的感叹中醒来，发现“竟然真的是在做梦”，心里非常不甘。

上中学的时候，朋友跟我说，只要把喜欢的男生的照片放在枕头底下，就能够“在梦里相会”。但后来结果如何，我已经不记得了。

只记得这个自古流传下来的方法。

到了我这个年纪，梦里想见的人太多了，照片多到枕头底下都放不下的程度。所以比起梦到人，我更希望能够梦到那些我想要再去一次的地方。

于是我将想要再去一次的法国乡间的照片悄悄地放在枕头下面，结果梦里却没有任何反应。

取而代之的是，我梦到自己被每年夏天都会去一次的那个林间餐厅的小山羊追赶，然后在草原上拼命地逃跑。

我大叫着“救命啊”，却没有任何人来帮忙，最后我就在自己的呼救声中惊醒了。

不过回忆起来，我逃跑时的那个草原似乎很有法国乡间的风情。

与镜子做朋友

我家可能属于镜子比较多的。

我家里的许多地方都摆着镜子，每面镜子都有各自的意义和用途。

挂在玄关大门正对面的是父母送给我的巨大的古董圆镜。

每次出门之前，或者回到家之后，我都会用这面镜子检查我的衣服和脸色，客人则可以用这面镜子来整理自己的发型和服装。

卫生间和盥洗室的墙壁上镶嵌的巨大镜子，可以用来一边刷牙，一边根据当天的脸色确认健康状况。

因为我家里到处都是镜子，所以不管在什么地方都可以问“镜子啊镜子，我看起来怎么样”。

虽然镜子不会像童话里那样对我说“你是最美丽的人”，但至少能够无声地提醒我“肚子又鼓了”“这件衣服不适合你”“眼角的皱纹又增加了”“看起来好像很疲惫”。

每天都通过镜子对自己进行检查，时刻不忘努力提高自己。

就算这天不用出门见任何人，也没有谁会看到自己，但还是有镜子一直注视着自己。

对镜子的保养也很简单，在刷牙或者对着镜子检查自己的脸色的时候，就可以“顺便”拿一条毛巾把脏了的地方擦干净。

为了让自己能够被照得漂亮一些，保持镜子干干净净也很重要哦。

吃苹果

令人心旷神怡的秋风轻抚脸颊的时候，就是苹果最美味的时节。

每当我看见红彤彤、小巧玲珑的红玉苹果，就按耐不住想要尽快做一个美味的苹果蛋糕的激动心情。

在德国，人们认为“苹果丰收的年份，病人都很少”，除了直接吃之外，苹果还可以烤着吃、煮着吃，或者做蛋糕和各种料理。

虽然我做的是那种看起来非常朴素、没有任何装饰的苹果蛋糕，制作方法也十分简单，但吃到嘴里的时候，苹果的甜酸和黄油的醇香都会一瞬间扩散开，绝对是非常美味的享受！

美味的苹果蛋糕每次都能够让我的心里充满幸

福感。

※制作方法

苹果（3个）去皮，切成8等份后再在每块的背上切三刀。这样在烤制的时候苹果就会裂开成很漂亮的形状。

在圆形的蛋糕模具（直径23厘米）内侧涂上少量的色拉油，然后撒上小麦粉（低筋粉）。

将低筋粉（200g）和烘焙粉（1小勺）混合在一起过筛备用，烤箱180度预热。

将黄油（100g）在室温下放置一会后用木勺搅拌至发白，然后加入少量砂糖（50g）搅打至发泡。

慢慢倒入打好的鸡蛋（3个）继续搅打至发泡。

加入削好的柠檬皮（0.5个）用木勺搅拌均匀。

在混合好的面粉里加入牛奶（3大勺）再加入混合好的黄油后搅拌均匀倒入蛋糕模具，在操作台上蹾一下赶走面团里的气泡。

将切好的苹果摆在面团上面，将模具放入烤箱，等面团膨胀后用竹签子扎一下，如果没有粘上面粉就说明烤得差不多了，这个时候调低烤箱的温度再继续烤 10 分钟左右，直到表面变成茶色。

烤好后，将模具取出，趁热在蛋糕表面薄薄地涂上一层酸果酱或者蜂蜜。

德国人认为“吃苹果治百病”，所以经常吃苹果。

我制作的苹果蛋糕里面放了好几个苹果，具有预防感冒的功效，而且因为特别好吃，所以就算是不喜欢吃苹果的大人和孩子也能吃很多。

※苹果茶

如果我突然得到好多苹果，就会先把苹果切片，然后晒干。

将晒干的苹果片和新鲜的苹果片放到一起煮就成了苹果茶。在热气腾腾的苹果茶里加上锡兰肉桂，就是一杯让疲惫的身体恢复活力的绝佳饮品。

在红茶里加几片晒干的苹果，也能够使红茶的味道变得更好。

※苹果是可以食用的芳香剂

把苹果装在篮子里摆在房间的一角，既可以作为一件漂亮的装饰，还可以使房间里飘散着淡淡的芳香。

将还没熟透不适合食用的猕猴桃与苹果放在一起，苹果释放出来的乙烯能够加速猕猴桃的成熟。

像苹果这样只有在当季才能够吃到的水果，我们应该趁时令好好地享受一下它的美味，而且稍微下点功夫还能够享受到更多的乐趣呢。

只属于自己的奢侈

只要你想要放松或者转换心情，就总能够在身边发现契机。

※波尔多的葡萄酒

我东京的家中有一个专门用来存放红酒的酒架。

那是在房子建造之初，我拜托木工师傅帮我做的，虽然木工师傅也是第一次听到这种要求，但他还是想了不少办法，最终做成了这个酒架。

我决定在这个酒架上只放波尔多的红葡萄酒，然后就不断地买来摆在上面。

重要的纪念日、对自己的褒奖……总之我会找出各种各样的理由让自己享用酒架上的红酒。虽然我酒量不佳，每次都只能喝一点点，但我非常喜欢一边品尝红酒一边欣赏喜欢的音乐这种优雅的氛围。

※像酒店一样的角落

我非常喜欢毛伊岛的丽思·卡尔顿酒店和德国汉堡的柏悦酒店。我想在家里也营造出那种我很中意的氛围，于是将客厅的一角改造成了酒店的风格，休息日或者一天的工作结束之后，我会在那里让疲惫的身心得到放松。

小小的台灯与桌子以及一朵小小的鲜花，坐在那里品尝一杯美味的茶或者红酒，就好像在豪华的酒店里享受悠闲的时光。

※烛光

用餐和品茶的时候，我很喜欢用烛光营造优雅的餐桌氛围。我在德国生活的时候就非常沉迷于用烛光为餐桌照明的生活。不断跳动着发出淡淡光芒的烛火，总是能够自然而然地让我的心情变得平静和安稳。

更重要的是，在烛光的映照下，不论什么样的料理和人都会显得美味和美丽。

心情不好时的扫除

在心情不好、什么也不想做的时候做一些有趣的事情能够有效地转换心情，对于我来说，扫除就属于这种事。

当然，出门逛逛、吃点好吃的东西、听一听喜欢的音乐，这些都是不错的主意，但偶尔专心致志地让手和身体都动起来的扫除，也能够有效地转换心情。

或许是因为扫除的时候会适当地消耗一些身体的能量，从而使我们的身体感到更加清爽。

身体感到清爽之后，心情也会像看到雨过天晴的天空一样，在不知不觉间清爽起来。

※擦镜子

心情不好的时候，擦镜子是转换心情的好方法。

找一条干毛巾稍微浸湿一部分，然后交替使用干的部分和湿的部分在镜子上画大大的圆圈。

很快，镜子上的污渍就会被擦得干干净净。

站在光亮如新的镜子面前，对着镜子露齿一笑，心情也会变得爽朗。

※做一个深呼吸，让身体动起来

打开窗户，对着外面做一个深呼吸，让新鲜的空气进入身体。

一边听着节奏欢快的乐曲，一边用毛巾擦拭厨房碗柜的外侧、房间大门的把手，让身体好像随着节奏跳舞一样活动起来，“集中攻击”那些平时打扫不到的地方。

活动身体的时候，让大脑休息一会不要思考任何事情。

当你感到浑身出汗之后，心灵也像经过了“扫除”一样变得更加清爽。

早餐吃好

早餐一定要吃好。

平时我的早餐是米饭、味噌汤、鱼和肉以及蔬菜、纳豆。鱼是烤鱼和蒸鱼换着吃。

餐桌上一定要有红、黄、蓝、黑、白这5种颜色的食材，饭后再吃点应季的水果也是必不可少的。

周末的早上我要在家悠闲地度过，所以早餐会吃制作起来比较简单的面包、咖啡和沙拉，最近沙拉和水果所占的比重比之前又多了一些。

我家的味噌汤里面固定有裙带菜，其他食材则根据冰箱里的库存情况用萝卜、土豆、南瓜、洋葱等进行搭配。用水把蔬菜中的美味都煮出来，然后加入味噌和干鲣鱼就大功告成啦。

我对早饭的要求是，制作简单迅速、营养价值高，而且看起来赏心悦目。当然，吃起来一定要好吃。

因此，前一天我就需要做好准备，把蔬菜洗好或者煮好。

早饭吃得好，能够让脑细胞活跃起来，唤醒身体，升高体温，让我们干劲十足地面对上午的工作。

营养均衡的早餐是健康生活必不可少的最佳“支援”。

有时候，为了转换心情，休息日我会去附近的酒店点一份早餐。

坐在豪华的酒店餐厅里，一边享受着无微不至的服务，一边品尝美味的早餐，是对积极迎接每一天的自己最好的褒奖。

冬至的南瓜

今年夏初，我在森林边上的小超市里看到当地刚刚采摘的大南瓜，没经受住诱惑，当场就买了好几个。

我把这些南瓜摆在窗边作为装饰，一个接着一个被我蒸着吃、做天妇罗、做味噌汤的配料，剩下最后一个被我带回了东京。

我打算效仿过去的人，把这个南瓜留到冬至再吃。

南瓜中含有营养丰富的 β 胡萝卜素，是最适合在寒冷的冬天食用的蔬菜。

过去不像现在这样即便冬天也有多种多样的食材，而且很多食材就算能够长期存放，其营养价值也会流失，所以含有丰富维生素的南瓜是非常珍贵的食材。

不过，南瓜最多也只能保存到冬至。过了冬至，南瓜的味道和营养价值都会下降。

过去，人们认为夏季收获储存到冬季的南瓜之中积攒了能量，吃了这样的南瓜“不会感冒”。

所以，冬至吃南瓜在预防感冒的同时也寄托了人们祛病消灾的美好愿望。

我的父亲不喜欢吃南瓜，因为“战争年代吃太多了”。

父亲是种南瓜的大师，甚至因此而被称为“南瓜先生”，夏天他种的南瓜大丰收，我们家根本吃不完，于是他就把南瓜分给邻居们。

我还记得冬天的时候，父亲一边说着“带‘ん’的食物会带来‘好运’”（译者注：“ん”和“运”在日语里谐音，后面提到的这些食物都带“ん”），一边将煮着南瓜、胡萝卜、萝卜和魔芋的大锅摆在桌子正中央的情景。

冬至是12月22日。这是一年中夜晚最长的一天。

也是我将从森林中带回来装饰在厨房窗边的“最后的南瓜”吃掉的一天。

每天都看着这个南瓜，期盼把它吃掉的日子早点到来的心情就好像热恋中的少女期盼与恋人见面的那一天一样。

煮一锅好吃的饭

虽然人们都说糙米很有营养，五谷对身体很有好处，但我最喜欢的还是白米饭。

在东京的家里生活的时候，我每天早晨都会用小土锅煮饭。

我一边看着土锅在炉灶上小火焖煮，制作沙拉，一边烧开水制作味噌汤。

嘴里还不忘哼哼着“一开始要慢慢地”“中间要给力”“就算宝宝哭了也不能打开盖子”（译者注：这是一首描述煮饭方法的口诀，意思是一开始要小火焖煮，然后用大火把水烧干，最后要用盖子闷一会儿）。

首先用小火缓慢地提高温度，激发出米饭的香味。

当锅里的水沸腾时一口气加大火力，等到有蒸汽冒出来的时候立刻转为小火焖煮。这个时候就算宝宝哭闹着要吃饭也绝对不能打开盖子。因为如果不闷一会直接打开盖子，米饭的香气会流失。

每天的米饭在味道上都有微妙的差别。

如果我早晨因为时间紧迫而在厨房里忙得团团转，那么煮出来的米饭不是发黏，就是太硬。

但是如果我悠闲自在地一边哼着口诀，一边游刃有余地做饭，那么煮出来的米饭就会又软又香。

有时候，我会对料理表示衷心的感谢。

有时候也会反省自己的慌张。

终章

这个世界可谓瞬息万变。

转眼间，新的科技就出现在我们的面前，还没等搞明白这个新东西，又有别的新机械和工具出现了。

光是理解和掌握这些新东西就足以把我们搞得焦头烂额。

随着科技的不断进步，这些新东西为我们的生活提供便利，这并不是一件坏事。

但是，在使用这些给我们带来方便的机械和工具的同时，作为人类，还应该拥有顽强的意志，使自己不至于陷入科技的进步之中而无法自拔。

无论城市生活还是森林生活我都有亲身体会，事实上，我认为原始的生活和不便的生活更能够使我们保持心灵的充实和平衡。

不开车，尽可能在山间小路上步行。

一开始可能走上5分钟就感觉累得不行，但后来即便走15分钟也不觉得累。

对用惯了的东西精心保养，会越发觉得离不开它们。

试着自己做一顿美味的料理，然后

尽情地品尝。

用心感受不同季节的自然之美，将其融入自己的生活。

在夏雨后的青草芳香中感受大自然，在城市一隅侧耳倾听蟋蟀的鸣唱。

我的森林小屋中没有电视机，我只在必要的时候听BOSE的音响和收音机。

当尽可能地远离声源之后，你就会发现连电冰箱的声音都变得嘈杂，而这一点在城市之中你是绝对注意不到的。

亲近自然的生活虽然有诸多不

便，但会让我们在不知不觉中变得更加感性。

不便的生活，让我们学会认真的生活方式。

能够在日常的生活中发现充实与幸福的感性，或许正是在认真的生活中培养出来的。

在此，对那些一直以来支持着我的所有人致以最衷心的感谢。

冲幸子

铁葫芦